Der Weltfrieden und so

»Der Weltfrieden und so«

1. Auflage 2015

Herausgeber:
Kitmir Tierhilfe Demirtas e.V.
Vereinssitz:
Rotachstraße 10
88693 Deggenhausertal - Urnau
1. Vorsitzende. Petra Raithel
2. Vorsitzender: Robert Steiner
Steuernummer: 87018/10318
Finanzamt Überlingen
Vereinsregistereintrag: VR939
Amtsgericht Überlingen
E-Mail: info@kitmir.de
Kitmir Tierhilfe Demirtas e.V. ist als gemeinnützig anerkannt,
im Sinne der §§ 51 ff. AO und gehört zu den in § 5 Abs. 1 Nr. 9 KStG
bezeichneten Körperschaften.

Umschlaggestaltung, Fotos und Satz:
Jörg Matern, Dipl. Grafik-Designer, 53757 Sankt Augustin

ISBN-13: 978-1519672209
ISBN-10: 1519672209

Bibliografische Information der Deutschen Nationalbibliothek:
Die Deutsche Nationalbibliothek verzeichnet diese Publikation in der Deutschen Nationalbibliografie; detaillierte bibliografische Daten sind im Internet über http://dnb.d-nb.de abrufbar.

Mephisto der Kater

Der Weltfrieden und so

Roman

Inhalt

Der Weltfrieden und so

Machen wir uns nichts vor: Wenn ein Kater wie ich über den Weltfrieden sinniert, dann geht es da um was viel Kleineres, als wenn die Menschen über solche Themen diskutieren. Wenn die hier nämlich in Debatten versunken sind, graut es mir manchmal. Da sprechen die über Mord und Totschlag und irgendwelche Terrorgruppen. Über Politik in Ländern, mit denen wir doch gar nichts zu tun haben und die wir sowieso nicht beeinflussen können. Ich frage mich immer: Wozu diese Aufregung?

Bei uns Katzen ist das viel einfacher. Wenn wir über den Weltfrieden reden, dann meinen wir damit unsere kleine Welt. Das bedeutet, uns ist es wichtig, dass die Bude geheizt ist. Dass draußen genug Mäuse rumflitzen, die man jagen kann. Dass sich hier keine Fremdkatzen Zutritt verschaffen und dass die Dose pünktlich geöffnet wird. Daneben interessieren uns noch saubere Katzenklos und nette Kuschelabende zu Hause. Wenn ihr dabei fernsehen wollt, ist das für uns okay, aber nicht zwingend nötig. Der Weltfrieden ist da wo wir sind und wenn er nicht da ist, dann sorgen wir dafür, egal wie. Auf jeden Fall vergeuden wir keine Energie mit Diskussionen über Dinge, die wir eh nicht ändern können, sondern halten uns – weltfriedenstechnisch – an Fakten. Also lange Rede, kurzer Sinn: Der Weltfrieden ist für uns nur da wichtig, wo wir sind und alles andere ist Energieverschwendung.

Übrigens, falls du im Laufe meiner Ausführungen hier ab und zu mal der Meinung bist, ich könnte latent schlecht gelaunt sein: Ja, das siehst du schon richtig! Ich bin, von meiner Grundstimmung her, durchaus schlechter Laune. Das ist schon mal prophylaktisch, denn an jedem neuen Tag können tausend neue Dinge geschehen, die mir nicht gefallen. Menschen reden ständig von positivem Denken und so. Sie meinen, wenn sie immer lächelnd durch ihr Leben gehen, wirken sie anziehend auf andere Menschen. Sie denken, dann werden sie geliebt. Ich aber meine: Wenn du immer gut gelaunt und grinsend durch dein Leben gehst, wirkst du einfach nur grenzdebil. Eine gewisse Launenhaftigkeit hingegen verschafft dir Respekt. Und den brauchst du, wenn du deinen Weltfrieden bewahren möchtest. Sonst trampeln die dir nämlich alle auf der Nase rum. Egal wer! Sie tun es einfach! Katzen, die leider auch noch in deinem Haus wohnen und mit denen du dich vertragen sollst, weil deine Menschen das so wollen. Katzen von Nachbarn. Oder, ganz schlimm: Hunde!

Am Ende trampeln dir auch deine Menschen auf der Nase rum, weil sie, obwohl sie dich ins Haus geholt haben und dir ein Königreich versprachen, völlig unberechenbar sind! Menschen meinen immer, sie müssten ihr eigenes Ding durchziehen und wenn die irgendwelche fixen Ideen haben, dann kannst du dich als Kater echt auf was gefasst machen. Was meine Menschen hier betrifft, kann ich euch nur sagen: Die haben einen Vollknall. Ich bin mir ziemlich sicher, dass alle Menschen irgendwie bescheuert sind, aber meine sind da noch mal eine ganz andere Hausnummer! Es ist auf jeden Fall völlig in Ordnung, mal von vorne herein schlecht gelaunt zu sein. Das bringt sie wenigstens ab und zu mal dazu, darüber nachzudenken, wie dies oder das wohl für dich sein könnte. Und wenn es nur eine neue Sorte Dosenfutter ist.

Jedenfalls sitze ich jetzt hier und mache das, was schon lange notwendig ist: Ich schreibe ein Buch. Ich schreibe mir den ganzen Frust runter, mit dem ich klarkommen muss. Obwohl die hier natürlich der Meinung sind, ich hätte ein tolles Leben: Schlafen, wann immer man dazu Lust hat. In der Sonne liegen, wenn das Wetter schön ist. Im Gras rumtoben und auf Bäume klettern. Krallen an den Tapeten wetzen. Sich keine Sorgen um das Essen machen zu müssen, weil immer einer da ist, der die Dose aufmacht, wo auch immer die herkommen mag. Abends auf dem Sofa liegen und gestreichelt werden. Ich glaube, die Menschen wissen überhaupt nicht, wie anstrengend es ist, Kater zu sein, auf was man alles achten muss und wie hart das Leben ist. Auch als Hauskater!

So, und deswegen schreibe ich mein Buch.

=^.^=

Ein Bauernhof in der Eifel

Die Hoffnung auf den Weltfrieden für mich und meine Schwester begann im Oktober 2011. Bis dahin lebten wir in der Eifel auf einem Bauernhof und ganz ehrlich: Schön war es da nicht. Ich bin ja so ein Typ, der aus allem das Beste macht, aber da gab es nichts, was man irgendwie schönreden könnte. Wir wohnten mit unserer Mutter in einer Scheune und es war arschkalt. Meine Schwester war die einzige schwarze Katze in diesem Wurf, dann hatte ich noch drei schwarz-weiße Geschwister. Unsere Mutter war so ein dünnes, abgemagertes Dingelchen. Mir ist schnell klar geworden, dass mindestens drei von meinen Geschwistern gar nicht überleben. Die hatten tränende Augen und der Rotz lief ihnen aus der Nase. War nicht schön, aber kein Wunder bei der Kälte. Ich hab also schnell das Weite gesucht. Nicht dass ich nicht regelmäßig zurückgekommen wäre, klar hab ich das gemacht, aber mir war schnell klar, dass es auf diesem Bauernhof massiv viele Mäuse gibt. Und so habe ich mich seit meiner frühesten Kindheit mit Jagen beschäftigt. Auch weil ich mich mit dem Rotz nicht anstecken wollte. Meine Schwester hingegen saß brav bei unserer Mutter in einem Körbchen, zitterte vor Kälte, aber traute sich gar nicht so richtig raus ins Leben. »Komm mit, Mäuse jagen!«, sagte ich. Aber sie meinte: »Nö, keinen Bock. Viel zu kalt da draußen.«

Ja, in der Eifel ist es kälter als weiter unten im Land und in diesem Winter schien es sowieso extrem kalt gewesen zu sein. Aber ich meine, das hilft ja alles nix. Man muss sich bewegen, dann friert man auch nicht so. Weiber kapieren so was aber nicht. Die sitzen einfach irgendwo und zittern vor sich hin. Ich habe übrigens später beobachtet, dass Menschenfrauen das genauso machen. Die schlottern vor sich hin. Menschenfrauen frieren fast immer. Aber gut, soweit sind wir an diesem Punkt noch gar nicht, diese Erkenntnis – und viele andere – hatte ich erst später. Auf diesem Bauernhof durften wir nämlich nicht ins Haus.

Und eines Tages, ich tobte gerade draußen rum und jagte ein paar Blätter, da kamen Leute mit einem Auto angefahren. Die hatten so einen Korb dabei und gingen ganz zielstrebig in die Scheune. Die Frau griff gleich nach meiner Schwester, knuddelte ein bisschen mit ihr, schaute sich dann die anderen drei Geschwister an. Dann sah sie den Mann an und wirkte ein bisschen traurig. »Die sehen alle sehr krank aus«, sagte sie. Ja, ist das ein Wunder bei der Kälte? Jedenfalls machten die den Eindruck, als würden sie welche von uns haben wollen, also lief ich schnurstracks in die Scheune, die sahen nämlich ganz nett aus. Und ich dachte mir damals: Überall ist es besser als hier in dieser arschkalten Scheune, also machst du mal auf dich aufmerksam! Und weil ich grandiose Auftritte schon immer beherrscht habe, klappte der Plan. Der Typ drehte sich um, guckte mich an, zeigte mit dem Finger auf mich und meinte: »Der geht mit! Unbedingt!«

»Na klar«, sagte die Frau. Hey … es hat funktioniert!

Die setzten uns beide dann ins Körbchen, packten uns ins Auto und fuhren los. So, und ganz ehrlich, schon diese Autofahrt fühlte sich besser an als das Leben da in der kalten Scheune. Das Auto war schön mollig warm und der Motor brummte. Wir steuerten also auf ein besseres Leben zu. Offenbar auf ein so richtig gutes, denn die Frau sagte dann im Auto: »Die drei kleinen weißen Kätzchen zurückzulassen, hat mir eben fast das Herz gebrochen. Aber ich bin davon überzeugt, dass sie bald sterben, die sahen so elendig krank aus …«

Das erweckte in mir doch schon mal den Eindruck, dass zumindest die Frau ein Herz für Katzen hat. Ein ganz großes wahrscheinlich. Gute Aussichten für die Zukunft!

»Hm …«, meinte der Mann nur. »Das sah mir auch so aus. Du kannst sie nicht alle retten.«

Ja, der Meinung bin ich auch. Das Problem ist ja auch, wenn sie alle gerettet hätten, auch diese kranken Geschwister, dann wären wir zu fünf gewesen. Und jetzt mal ehrlich: Wenn man zu fünft ist, bekommt jeder einzelne ja automatisch weniger.

Egal von was. Ist man nur zu zweit, muss man eben nur mit einer einzigen, anderen Katze teilen. Egal was. Ich war jedenfalls ganz bei dem Mann, der ja der Meinung war, man könnte nicht alle retten. Immerhin hatte er drauf bestanden, dass ich mitkomme. Das reicht völlig, will ich meinen.

Zu Hause angekommen trugen sie uns mit dem Körbchen in einen kuschelig warmen Raum und meinten, das wäre das Wohnzimmer. Da gab es warme Decken und so einen lustigen Teppich mit ganz vielen Fransen. Eine Couch, an der man sich prima hochhangeln konnte, wenn man die Krallen dabei ausfährt. Ich fand das total prima. Sie gaben uns Namen. Mich nannten sie Mephisto und meine Schwester Lucifer. Aber die haben sich das schnell abgewöhnt, uns mit vollem Namen anzusprechen. Aus mir wurde Mephi. Mephisto nennen sie mich nur, wenn sie wegen irgendwas, was ich gemacht habe, empört sind. Und aus meiner Schwester wurde Luci, weil die Frau, die ich dann irgendwann Mama nannte, meinte: »So ein zartes Wesen, da kann doch kein Teufelchen drinstecken …«

Ich bin da ja anderer Meinung, aber gut. Mir ging es in diesem kuschelig warmen Wohnzimmer ziemlich schnell sehr gut, meine Schwester aber hustete und nieste vor sich hin. Kaum angekommen, schleimten ihre Augen genauso wie die unserer Schwestern, die wir auf dem Bauernhof zurückgelassen hatten. Mama und Papa machten sich Sorgen und packten uns beide in warme Decken ein. Allerdings hielt ich das nicht lange aus. Luci lag den ganzen Abend und auch die ganze Nacht fett eingepackt in ihrer warmen Decke und ließ sich streicheln. Ich erkundete in dieser Zeit schon mal das Wohnzimmer.

Und schloss Bekanntschaft mit Herrn Schrödinger.

=^.^=

Warum wir sie Mama und Papa nennen

Katzen sind autarke Wesen. Und Menschen wissen das zu schätzen. Wer sich eine Katze hält, kann trotzdem arbeiten gehen, am PC sitzen, Bücher lesen und fernsehen. Das ist alles kein Problem. Wir kommen damit zurecht. Wenn Menschen arbeiten gehen, haben wir das Haus oder die Wohnung für uns alleine. Das ist zwischendurch mal ganz nett. Wenn sie am PC sitzen, kann man es sich prima auf der Tastatur bequem machen. Diese kleinen Pfeile auf dem Bildschirm jagen. Oder einfach auf dem Schoß unseres Menschen liegen und schlafen oder rumkneten. Wenn sie Bücher lesen, passen wir noch auf den Schoß. Wenn sie fernsehen, sitzen sie dabei meist gemütlich auf dem Sofa. Und auf dem Sofa ist es sowieso schön.

Wir Katzen waren nicht immer Tiere, die in Menschenfamilien lebten. Früher, und in manchen Ländern ist das immer noch so, lebten wir wild auf der Straße, beziehungsweise einfach im Wald oder im Feld. Wir mussten von dem leben, was wir uns erjagen konnten. Im Winter mussten wir uns irgendwo ein warmes Plätzchen suchen. Warme Plätzchen gab es aber meist nur in den Scheunen von Menschen, also mussten wir uns bei denen irgendwie beliebt machen, damit sie uns nicht vertrieben. Das klappte nicht immer. Und in manchen Ländern klappt das immer noch nicht, aber … ich erinnere an den Weltfrieden: Der ist nur da wichtig, wo wir selbst sind. Die Katzen in anderen Ländern müssen einfach selbst sehen, dass sie diesen Status bekommen, den wir uns hier erobert haben.

Gut, aber nun noch mal zu den Tricks, die wir angewendet haben, um uns beliebt zu machen. Wild lebende Katzen beobachteten also über die Jahrhunderte hinweg immer wieder das Gleiche: Menschenfrauen bekamen Babys. Das ist nichts Besonderes, wir Katzen kriegen andauernd Babys. Und viel mehr übrigens auf einen Schlag als Menschen.

Aber wir beobachteten im Laufe der Zeit, dass Menschenbabys einfach nur ganz bestimmte Laute von sich geben müssen – und schon flitzen die Menschen, vorwiegend übrigens die Frauen, zum Baby hin. Es wird dann gefüttert, getröstet, lieb gehabt. Keine Menschenfrau käme auf die Idee, ein Menschenbaby zu verscheuchen und es dazu zu verurteilen, in einer Scheune zu leben.

Also haben wir uns das von den Menschenbabys abgeguckt. Inzwischen sind wir meisterhaft darin, Menschen, vorwiegend Frauen, aber auch viele Männer, im Sturm zu erobern. Wir imitieren die Laute, die ein Menschenbaby von sich gibt und schon sind sie voll des Mitleids. Da wird man in den Arm genommen und lieb gehabt. In warme Decken eingepackt. Man bekommt was zu essen. Mit dieser Erkenntnis hat sich das Leben von uns Katzen enorm verbessert.

Früher haben Menschen wahrscheinlich eher größere Katzen bei sich aufgenommen, weil wir ja dazu neigen, unsere Babys zu verstecken. Inzwischen aber können wir uns meist trauen, unsere Babys zu zeigen. Und das bedeutet, wir müssen uns jetzt nicht mehr nur auf die Imitation von menschlichen Lauten verlassen, um unsere Wunschfamilie zu erobern. Nein, ein Blick in die wundervollen blauen Augen eines Katzenbabys reicht meist schon und lässt Menschenherzen dahinschmelzen. Wir haben nämlich in den ersten sechs Wochen unseres Lebens strahlend blaue Augen. In diesem Alter sind wir übrigens noch viel zu jung, um unsere Mamas zu verlassen. Aber Ausnahmen bestätigen die Regel. Wir waren mit sechs Wochen schon fit genug. Und außerdem war es, wie schon erwähnt, in dieser Scheune arschkalt. Unsere Mutter war krank. Unsere Geschwister auch. Also konnten wir umziehen.

Wenn du also als Babykatze noch auf der Suche nach einem neuen Zuhause bist, guckst du total treuherzig von unten nach oben direkt ins Gesicht der Menschen. Und schon hast du sie verzaubert. Da kommen dann so Sprüche wie: »Och

Gott, ist das niedlich!« Sie reden von zuckersüßen, kleinen Schnurrhaaren. Von putzigen Öhrchen. Von einem Blick, der so toll sein muss wie eine Käsesahnetorte. Und Käsesahnetorten sind übrigens der Hammer.

Jedenfalls ist das so, dass viele Menschen inzwischen den Vorteil der Katzenhaltung erkannt haben. Sie haben was zum Schmusen und Liebhaben. Etwas, worum sie sich kümmern können. Wir hindern sie aber nicht daran, arbeiten zu gehen, denn wir sind selbstständig. Anders als mit Hunden muss man mit uns nicht bei jedem Wetter vor die Tür gehen. Im Gegenteil, bei schlechtem Wetter wollen auch wir nicht vor die Tür. Wir sind darüber hinaus reinlich und wenn sie unser Klo sauber halten, dann machen wir nur da rein und sonst nirgends. Es sei denn, wir ärgern uns über irgendwas. Strafe muss sein. Pipi und Kaka dort, wo es nicht hin soll, empfinden Menschen als Strafe, deswegen ist das immer noch ein probates Mittel gegen unerwünschtes Verhalten der Menschen.

Das ist übrigens grundsätzlich etwas, womit wir Katzen rechnen müssen: Menschen müssen noch erzogen werden, wenn wir bei ihnen einziehen. Es sei denn, sie haben schon jede Menge Katzen vor uns gehabt und wissen Bescheid. Menschen haben zahlreiche Eigenarten und manche davon sind einfach unerwünscht. Wir müssen ihnen mit Liebe und Geduld zeigen, was genau uns stört. Mit Pipi oder Kaka an, für Menschen, echt doofen Stellen, klappt das ganz gut. Andere Möglichkeiten der Menschenerziehung: Die Krallen an den Vorderpfoten. Gelegentliches Kotzen kann auch nicht schaden. Dazu aber später mehr.

Viele Menschen verzichten inzwischen sogar darauf, ein eigenes Kind zu bekommen, weil sie eingesehen haben, dass es viel einfacher ist, eine Katze zu adoptieren. Bis so ein Mensch nämlich erwachsen ist, dauert das viele Jahre. Und da wir immer noch verdammt gut diese Babygeräusche beherrschen, nehmen wir sie von Anfang an voll in die Verantwortung. Sie selbst sind es, die von sich als Mama oder Papa sprechen. Wahrscheinlich liegt das tatsächlich an den Geräuschen, zu denen wir fähig sind, an unseren Blicken, an der Schmuserei und daran, dass wir so unglaublich bequeme Kinder sind.

Wenn man uns glücklich machen will, braucht man nicht viel. Kratzbäume, schöne Schlafplätze, regelmäßig Futter und ganz viel Liebe. Menschenkinder sind viel schwieriger und es dauert auch viel länger, bis sie erwachsen sind und selbstständig handeln können! Und auf dem Weg dahin bekommen die Menschen immer graue Haare, weil sie sich ständig über ihre eigene Brut aufregen oder sich Sorgen machen.

Wir nennen sie also Mama und Papa, weil sie das jetzt sind und weil wir Katzen viel perfektere Kinder sind als Menschenkinder.

=^.^=

Der Herr Schrödinger

Über den Herrn Schrödinger gäbe es eine Menge zu erzählen. Aber ich will ja niemanden langweilen, denn im Grunde habe ich ihn besiegt. Von daher beschränke ich mich auf das Notwendigste. Und das übrigens auch nur, um noch einmal zu unterstreichen, dass ich es von Anfang an nicht einfach hatte. Auch hier, wo man mir Liebe und Zuwendung versprach, musste ich um meine Position kämpfen, und zwar eisenhart!

Der Herr Schrödinger ist ein Kater und der lebte wohl, so erzählten Mama und Papa, schon länger da. Als ich einzog, war er ziemlich groß, aber mit der Zeit erschien er mir immer kleiner. Wahrscheinlich, weil ich selbst größer wurde. Der Herr Schrödinger guckte mich groß an, schnuffelte an uns beiden rum, und … fauchte. Er fauchte nur mich an, während er meine Schwester eher argwöhnisch betrachtete. Ich ließ mir natürlich nichts gefallen und fauchte gleich zurück. Ich gebe zu, es war mir ein bisschen mulmig zumute, aber das ist so: Wenn du jemandem zeigst, dass du Schiss vor ihm hast, dann hat der ja schon gewonnen. Wenn du deinem Gegner aber mutig entgegen trittst und ihm gleich zeigst, was du drauf hast, dann kann der sich ja noch mal überlegen, wie er mit dir umzugehen gedenkt. Und solange du noch klein bist, kannst du nur hoffen und beten, dass er sich dafür entscheidet, nett zu dir zu sein. Aber das darfst du deinem Gegenüber auf keinen Fall zeigen!

Der Herr Schrödinger wurde also von mir kräftig angefaucht und ich habe mich dazu auch mal auf meine Hinterbeine gestellt und die Vorderpfoten gehoben. Man muss einer solchen Szene einfach nur die nötige Dramatik verleihen und so gefährlich wie nur irgend möglich wirken … dann sind solche Probleme meist ziemlich schnell geklärt. Und wie erwartet, ich gewann diese erste Runde. Der Herr Schrödinger wich zurück. Rückwärts übrigens. Das sah ein bisschen dämlich aus. Mama meinte, der beruhigt sich irgendwann und wir beide würden uns schon zusammenraufen. Ich fand: Der Herr Schrödinger ist ein Weichei.

»Der Mephisto ist ein kleiner Alpha-Kater«, meinte Papa. Ich habe keine Ahnung, was ein Alpha-Kater ist, aber ich hab das Gefühl, das ist was Gutes. Jedenfalls wich der Herr Schrödinger zurück und ich sah, dass er ein steifes Bein hat. Haha … den zu besiegen, das wird ein Klacks!

Ich hab auch später erfahren, warum der ein steifes Bein hat. Der hat wohl da, wo die vorher gewohnt haben, gewildert und irgendwann einen Hasenbau gefunden. Die Menschen denken ja immer, wir verstehen das alles nicht, über was die so reden, das stimmt aber nicht. Wir verstehen alles, wir werden nur eines niemals tun und das ist gehorchen! Aber Verständnisprobleme? Nein, haben wir nicht! Wir sind ja nicht blöd!

Jedenfalls erzählte Mama irgendwann einer ihrer Freundinnen, der Schrödinger hätte sich an drei aufeinander folgenden Abenden je ein Hasenbaby geholt. Sie sagte, sie hätte da gar nichts dagegen tun können, weil sie nicht wusste, wo er diesen Hasenbau entdeckt hatte. Jedenfalls sei er am vierten Abend mit einem gebrochenen Bein nach Hause gekommen. Und das war ein ganz komplizierter Bruch gewesen. Wie kann man nur so dämlich sein wie dieser Kater? Der hat sich wohl vom Hasenpapa erwischen lassen! Na, wie auch immer, ein komplizierter Bruch, und der Tierarzt hat damals gesagt, entweder das Bein muss ab oder es muss eine Metallschiene rein, aber ob das klappt, weiß kein Mensch. Eine komplizierte OP, was immer das sein mag. Mama hat sich dann wohl für die Metallschiene entschieden. Die Operation klappte gut, das Bein ist auch verheilt, aber seitdem eben steif.

Und so einer meint, er könnte mich hier anfauchen? Einer, der sich von einem Hasen erwischen und das Bein brechen lässt? Nee … ich war zwar noch klein, erst ein paar Wochen alt, aber ich machte dem Schrödinger gleich klar, wer hier der Chef sein wird. Jedenfalls nicht er!

=^.^=

Zu dieser Zeit jedoch kamen wir uns allerdings nur selten in die Quere. Der Schrödinger war viel draußen unterwegs und wir durften noch gar nicht raus. Mama meinte, wir wären noch zu klein und außerdem zu krank, zumindest meine Schwester. »Wenn es wieder Frühling wird«, tröstete sie mich. Sie musste mich auch trösten, denn ich saß oft am Fenster, guckte raus und machte mir Sorgen, ob es da draußen wohl genug Mäuse gibt. In dieser Straße gibt es noch jede Menge andere Katzen, die wohnen wohl alle drüben bei der Nachbarin. Nebenan wohnen auch welche. Mit den Mäusen ist das ja so eine Sache: Je mehr Katzen irgendwo leben, umso schwieriger wird es, Mäuse abzukriegen.

Allerdings beobachtete ich von meinem Fensterplatz aus, dass diese Nachbarin nicht nur ihre eigenen Katzen fütterte, sondern auch fremde Katzen, die da rumstrichen. Das sind Dinge, die man sich als Kater gut einprägen muss. Natürlich kann man sich seine Dosenöffner erziehen. Aber es ist immer gut, Ausweichmöglichkeiten zu haben.

Zurück zu Schrödinger. Er störte meinen Weltfrieden und das machte ich ihm immer klar, wenn er meinte, ins Wohnzimmer kommen zu müssen. Ich fauchte ihn jedes Mal an und Mama stellte irgendwann fest: »Der Schrödi traut sich hier gar nicht mehr rein …«

Sie klang ein bisschen traurig. Und vielleicht hätte ich ein schlechtes Gewissen haben sollen, aber hey: Nur die Harten kommen in den Garten und wenn so ein Schrödi schon Schiss zeigt, wenn jemand wie ich noch ein Baby ist, dann ist doch schon alles geritzt, oder? Dann ist doch klar, wer hier das Sagen hat! Ich hatte schon diese arschkalte Scheune überlebt, mitten in der tiefsten Eifel. Und mit dem würde ich auch noch fertig werden. Dieser Platz auf dem Sofa gehört mir. Die einzige, die ich da noch dulde, ist meine schwächliche Schwester.

Zum Herrn Schrödinger und den Hasenbabys gibt es übrigens auch noch eine Geschichte, die ich erfahren habe. Die unterhalten sich ja immer, die Menschen. So erzählte Mama, dass sie damals, zu der Zeit als der Papa Hase den Herrn Schrödinger abgestraft hat, auf so einem Vierkanthof gelebt hat. Im Hof selbst war es stockfinster. Mama erzählte, sie war abends draußen und wollte eine Zigarette rauchen.

Da hörte sie irgendwelche Piepsgeräusche. Sie rannte an das hintere Ende vom Hof, da war es aber stockfinster. Und dort sah sie, sie sagt, nur schemenhaft, den Herrn Schrödinger, und sie hörte, dass das, was er da in seinen Fängen hatte, das war, was so fürchterlich piepste.

Automatisch griff sie im Dunkeln danach, weil sie natürlich ein Hasenbaby vermutete – und sie wollte es retten. Schließlich hatte der Herr Schrödinger sich ja am Vorabend auch schon eins geholt. Tja, und in dem Moment, wo sie das Tierchen mit zwei Fingern im Nacken gepackt hat, fing das Viech an, fürchterlich zu fauchen. Mama rannte mit dem Viech in der Hand nach ganz vorne in den Hof, wo eine Lampe hing. Und sie erzählte, sie wäre fast um ihr Leben gerannt, weil das Viech so gefaucht hat und dabei hat sie laut gebetet: »Ohgottogottogott … lass das bitte ein Hasenbaby sein …«

Tja, es war wohl ein Hasenbaby, wie sie dann im Licht feststellte, aber kaum hatte sie es auf den Boden gesetzt, griff es den Herrn Schrödinger an. Der war meiner Mama nämlich gefolgt, weil er sich ja seine Beute nicht abnehmen lassen wollte. Das kleine Viech griff also den großen Kater an und der reagierte wie man eben als Kater reagiert. Er machte es platt. So schnell konnte meine Mama gar nicht gucken, wie das passiert war, erzählte sie.

Nun gut, schon am nächsten Tag muss das mit dem Bein passiert sein. Selbst schuld, Herr Schrödinger. Man kann Hasenpapas auch austricksen, aber dafür warst du wohl nicht schlau genug. Mir wäre so was ja niemals passiert!

In den kommenden Wochen gab es wohl ein ständiges Fauchen zwischen Herrn Schrödinger und mir und ich stellte immer wieder fest, dass er sich dann zurückzog. Keine Ahnung, wo er immer hin ging, wenn ich ihn erfolgreich rausgefaucht hatte, aber das ist ja nicht wichtig. Wichtig ist, dass es nur einen Kater hier geben kann und das bin ich.

Überwundene Krankheiten – und was hier sonst noch so wohnt!

Meine schwächliche, rotzende und aus den Augen schleimende Schwester! Nur wegen ihr mussten wir zum Tierarzt, glaube ich jedenfalls. Mama erzählte was von Impfungen und Kontrollen, aber ich glaube, die haben uns nur zur Tierärztin geschafft, weil meine Schwester so rumgerotzt hat. Die Tierärztin behauptete dann aber einfach, wir wären beide krank. Ich fühlte mich gar nicht krank. Wir kriegten irgendwelche Antibiotika, so nannten die das. Die Tierärztin meinte, ich selbst, ich wäre schnell über den Berg, aber bei meiner Schwester war sie nicht so sicher, ob die das alles überleben würde. Mama und Papa bekamen erzählt, sie sollten uns warm halten und uns das Medikament am besten immer in Leberwurst verpackt verabreichen. Blöd war das nicht, Leberwurst ist nämlich lecker.

Die erzählte irgendwas von Katzenschnupfen und sonstigen Seuchen, wir bekamen auch Spritzen und mussten dann noch ein paar Mal da hin. Ich habe nicht so genau verstanden, warum das nötig war, denn wie gesagt, mir ging es ja gut. Die letzten paar Mal sind die dann auch nur noch mit meiner Schwester zur Tierärztin gegangen. Aber ich muss schon sagen, die hatte es wohl drauf, denn diese Rotzerei meiner Schwester ließ nach. Schon nach wenigen Tagen schlief sie gar nicht mehr so viel und fing an rumzutoben. Und da wurde sie richtig anstrengend. Es war vorbei mit den gemütlichen Abenden voller Ruhe auf dem Sofa.

Ständig hatte sie irgendeinen Blödsinn im Kopf und stiftete mich an, mitzumachen. Wir fanden so tolle Sachen in diesem Wohnzimmer! Mama hatte da einen Korb stehen, da war so lustiges Zeug drin. Sie nannte es Wolle und erzählte was von Stricken. Wir nannten es langes, buntes Seil. Das Zeug war nämlich wie ein Ball aufgewickelt, aber es war unglaublich, wie lang das Seil war! Wir haben es um die Füße vom Wohnzimmerschrank gewickelt, um den Tisch, um die Couch, um den Fernsehtisch und schließlich hatten wir über den ganzen Wohnzimmerboden verteilt lauter Schnüre damit gespannt. Und das war lustig, denn da konnte man prima drüber hüpfen. Ich hab zu Luci gesagt: »Komm, wer zuerst mit den Pfötchen das Seil berührt, hat verloren!« Sie hat auch begeistert mitgespielt. Meine Schwester ist eigentlich ganz in Ordnung, aber dieses Spiel hat sie meist verloren und das macht dann irgendwann auch keinen Spaß mehr.

Der Herr Schrödinger kam weiterhin jeden Abend ins Wohnzimmer, aber meist habe ich ihn rausgefaucht. Und wenn ich fauchte, lief er immer rückwärts raus. Da gab es aber noch jemanden: Chico. Der gehörte überhaupt nicht zu uns.

Chico war nämlich ein Hund. Und ich sage »war«, weil er schon uralt und dann gar nicht mehr so lange bei uns war. Sie nannten ihn »Cockermischling«. Und Mama erzählte was von einem Alter von fünfzehn Jahren. Also alt. Man sah ihm das auch an, er hatte eine ganz graue Schnauze. Ich fand auch, dass er übel roch. Wir Katzen sind da empfindlich und ich weiß, man hat mir den Ekel manchmal angesehen. Mein Verhältnis zu Chico war allerdings trotzdem viel besser als das zu Schrödinger. Aber das ist auch kein Wunder. Hunde sind anders, es sind eben keine Katzen. Die wollen ganz andere Sachen und die sind im Grunde auch keine Bedrohung. Sie sind zwar ein bisschen ekelig für uns Katzen, aber sie verlangen ja nicht, dass wir die Dinge genauso machen wie sie selbst.

Ekelig sind sie schon wegen dem Zeug, das sie fressen. Das Trockenfutter fand ich ganz nett, ich habe davon regelmäßig genascht. Aber die lutschen auch stundenlang hingebungsvoll an irgendwelchen Kauknochen rum, die unsagbar stinken. Für Hunde scheint so was aber ganz toll zu sein und total lekker.

Chico war auch deswegen keine Bedrohung für uns, weil der sowieso viel gepennt hat. Er hatte ein eigenes Körbchen und da lag er meist stundenlang drin und schlief. Wenn er mal ins Wohnzimmer kam, dann lag er zwar oft auch auf der Couch, aber nicht, wenn ich da oben war. Meist lag er unten auf dem Teppich und das war okay.

Mama meinte, der sei dement. Ich habe keine Ahnung, was Demenz bedeutet, aber es muss was mit seinem Alter zu tun gehabt haben, und ich glaube sie meinte damit, dass sein Gehirn nicht mehr so gut funktionierte. Chico ging manchmal raus in den Garten, weil er Pipi machen wollte, dann spielte er da ein bisschen und fing an, Gras zu fressen. Wie ein Reh oder eine Ziege. Hatte er vergessen, dass er ein Hund ist? Keine Ahnung, manchmal sah das so aus. Und dann kam er wieder rein ins Haus, stellte sich vor die Wand und guckte die ganz lange an.

Mama meinte, das wäre ziemlich traurig, ich hingegen fand das ganz lustig. Da rennt so ein Hund raus, weil er pinkeln wollte, vergisst dann draußen aber, was er da eigentlich wollte und dann kommt er rein und guckt stundenlang die Wand an? Als ob die ihm das sagen könnte! Ich hab auch oft überlegt, ob der da irgendwas sieht, was ich nicht sehen kann und deswegen habe ich mich manchmal neben ihn gesetzt und mitgeguckt. Da war aber nix.

Das mit der Demenz scheint auch Auswirkungen auf die Sprache zu haben, ganz deutlich. Also Schwanzwedeln heißt ja wohl ganz klar: »Alter, halt dich zurück verdammt noch mal, geh mir aus der Sonne und quatsch mich ja nicht an!« Chico aber fiepste rum, freute sich ganz offenbar mich zu sehen und wedelte trotzdem mit dem Schwanz. Total dämlich, das ist ja wie ja und nein als Antwort auf die gleiche Frage!

Ich hab ausprobiert, ob der mich überhaupt versteht und habe mit dem Schwanz gewedelt, also ganz deutlich gesagt: »Alter, geh mir aus der Sonne …«

Und er dachte, ich will mit ihm spielen und hat freundlich rumgefiepst. Ich finde ja auch, dass Hunde ziemlich unwürdige Töne von sich geben.

Manchmal hat der Chico dann im Haus hingepinkelt, aber die waren deswegen nie sauer. Die haben das dann halt weg geputzt. Als ich irgendwann mal ganz besonders angewidert war davon, meinte Mama: »Mephisto, wenn du mal alt bist, dann ist das bei dir vielleicht auch so!«

Ich? Alt? Niemals. Ich werde immer jung bleiben. Ich stehe in Saft und Kraft. Warum andere alt werden, weiß ich nicht, aber ich bin jung und kraftvoll und unsterblich. Ich kann den Herrn Schrödinger besiegen und wenn man mich erst mal raus lässt, werde ich der Welt beweisen, dass ich auch andere Katzen besiegen kann. Hier zu Hause bin ich der Chef. Meine Schwester macht brav alles, was ich ihr sage, nur manchmal meint sie, rumzicken zu müssen. Sie ist halt ein Mädchen und die sind anders. Und der Hund … naja, der war nicht wirklich ein Gegner. Ich akzeptierte ihn, weil er eh nicht mithalten konnte. Sollte er mal da stehen und die Wand angucken, das ist keine Bedrohung für mich.

Und noch mal Tierarzt

Der Tierarzt blieb mir auch weiterhin nicht erspart. Eigentlich war ja meine Schwester so krank gewesen, aber am Ende war das so, dass die auch mit mir das volle Programm durchgezogen haben. Zum Kotzen, wirklich. Ich habe ihr das auch manchmal vorgeworfen. Nur weil sie diesen Rotz hatte, schleppen die uns beide da hin und da werden wir mit Spritzen malträtiert … und kriegen irgendwelche Tabletten! Die Leberwurst drum herum ist echt gut, aber was glauben Menschen eigentlich, wie lange das dauert, bis wir ihnen auf die Schliche kommen, hm? Bis wir merken, dass da Tabletten drin stecken? Bei uns ging das ganz schnell, aber gut … als wir es merkten, mussten wir auch bald keine Tabletten mehr nehmen.

Aber dann begann ich mich irgendwie komisch zu fühlen. Ich habe natürlich nichts gesagt, denn mir war klar, dass die uns dann wieder zu dieser Tierärztin schleppen. Neee … nicht mit mir. Dinge, die einfach so kommen, die gehen bestimmt auch einfach wieder – irgendwann. Und bis dahin heißt es: Augen zu und durch.

»Hast du mal seine Augen genauer angesehen?«, fragte Mama eines Tages den Papa. Und der so: »Hm, ja, gefällt mir auch nicht.«

»Der hat doch was! Das ist doch nicht normal, dass sich die Nickhaut über das ganze Auge zieht?«

In der Tat … jetzt, wo sie es sagte, merkte ich, dass mit mir irgendwas wirklich nicht stimmen kann. Etwas, was wahrscheinlich nicht einfach so vorbeigeht.

»Das muss ich im Internet recherchieren«, meinte Mama. Und dann: »Morgen geht's zur Tierärztin.«

Scheiße, verfluchte Scheiße! Schon wieder zur Tierärztin? Das geht doch wieder vorbei! Das geht vorbei! Das geht …

»Das wird nicht einfach so vorbeigehen«, erklärte Mama dann abends beim Essen. Während dem ich übrigens nicht auf dem Tisch sitzen durfte! Warum stellen sich die Menschen so dämlich an, wenn es um ihr Essen geht? Na, wie auch immer. Das würde also nicht einfach so wieder weggehen, erklärte sie. Okay. Die kümmern sich also drum. Gut. Ich musste schon wieder zu dieser dämlichen Tierärztin. Na, wenn es sich nicht vermeiden lässt … denn zugegeben, mir war teilweise ein bisschen schummrig. Und das ist nicht gut, nein, gar nicht gut. Das nahm mir meine Kraft. Was auch immer ich hatte. Aber ich musste hier schließlich die Stellung halten und durfte mir keine Schwächeleien erlauben. Sonst würde der Herr Schrödinger hier wieder ganz schnell das Regiment übernehmen und all meine Mühe bis da hin war umsonst gewesen. Dann lieber mal zur Tierärztin!

»Das kann von Wurmbefall kommen«, erklärte Mama. »Es ist möglich, dass er Würmer hat. Die Wurmkur hatten wir ja noch außen vor gelassen, weil die schon die anderen Medikamente schlucken mussten.«

»Würmer«, meinte Papa. »Ekelig.«

Ja, ekelig. Und so war ich ganz dankbar, dass die gleich am nächsten Tag mit mir zur Tierärztin fuhren. Obwohl ich da, zugegeben, nicht gerne hingehe. Aber der Gedanke, ich könnte Würmer irgendwo in mir haben, ist eben auch nicht verlockend. Und wenn man weiß, dass man so was hat, dann ist man ganz weit weg vom Weltfrieden!

Die Ärztin guckte mich an und meinte dann: »Man kann das nicht so genau sagen, was das ist. Aber wenn sich die Nickhaut über das halbe Auge zieht, dann kann das auf eine Entzündung hinweisen, aber auch auf Parasitenbefall. Ich gebe ihm jetzt eine Spritze und außerdem gebe ich Ihnen noch eine Wurmkur mit.«

»Okay«, sagte Mama. »Und wie ist das dann, soll ich noch mal kommen?« Die Tierärztin schüttelte den Kopf. »Sie müssen ihn beobachten. Wenn er sich normal verhält und dieser Schleierblick verschwindet, dann sollte alles in Ordnung sein. Ansonsten schauen Sie eben noch mal rein mit ihm und dann müssen wir notfalls das ganze Diagnoseprogramm auffahren.«

Das klang scheiße! Aber »Spritze« klingt auch scheiße! Echt jetzt! Ich beobachtete die Tierärztin, wie sie das Medikament auf die Spritze aufzog. Ich beobachtete meine Mama, die ziemlich besorgt aussah. Der einzige Grund übrigens für mich, überhaupt auf diesem Tisch sitzen zu bleiben und dieses Theater über mich ergehen zu lassen. Aber dann kam die Tierärztin mit der Spritze auf mich zu. »Am besten halten Sie ihn mal so, als ob Sie schmusen wollen … das ist ja nur ein kleiner Pieks.«

Ein kleiner Pieks? Von wegen!

Als die Tierärztin diese verdammte Nadel in mich rammte, wollte ich da nur noch weg und so holte ich tief Luft, sprang, fuhr die Krallen aus … in meinem endlosen Gottvertrauen wusste ich, der Katzengott wird es richten und ich würde schon irgendwo landen, wo ich mich festhalten kann. Das war auch so. Mama schrie plötzlich laut auf. Ich erschrak mich und krallte mich noch mehr da rein, wo ich Halt gefunden hatte. In Mamas Unterlippe. Die Tierärztin wurde kreidebleich. Papa wurde kreidebleich. Die Tierärztin griff schließlich sanft nach meiner Pfote und zog sie nach oben, denn meine Kralle hing schön gekrümmt in Mamas Unterlippe. »Ohgottogottogott …«, sagte die Tierärztin schließlich. »So was habe ich noch nie erlebt! Kater behandelt, Frauchen schwer verletzt … hier haben Sie eine sterile Auflage, Sie bluten ja fürchterlich!«

Mama presste sich diese sterile Auflage auf die Unterlippe und guckte mich stinksauer an. Papa war immer noch kreidebleich. »Und? Wollen wir jetzt noch schnell beim Hausarzt vorbeischauen?« Mama schüttelte den Kopf. »Nein«, sagte sie. »Ich brauche keinen Artscht.« Sie sprach komisch … ob das an dieser Auflage lag, die sie sich auf ihre Unterlippe presste? Oder an der Schwellung? »Wir fahren nach Hausche und gucken nach, ob wir einen Kochtopf haben, der grosch genug ischt für dieschen Satansbraten!«

Die Tierärztin lachte. Ich zuckte ein bisschen zusammen, aber nur ein bisschen. Im Grunde nämlich hatte sich die Aktion gelohnt. Es ging mir schon viel besser. »Man nennt sie immer Samtpfötchen«, sagte Mama, als wir wieder im Auto saßen und auf dem Weg nach Hause waren. »Keiner sagt dir, dass du eigentlich eine Ritterrüstung brauchst, wenn denen was nicht passt!«

Papa lachte. Er konnte wieder lachen, denn Mamas Lippe blutete nicht mehr. Sie war allerdings ziemlich geschwollen und es gab da so zwei dunkelblaue Punkte … aber gut. Ganz ehrlich, nach dieser vermaledeiten Spritze ging es mir wieder so richtig gut. Die Wurmkur blieb mir nicht erspart, aber da diese Tabletten wieder in Leberwurst verpackt wurden und ich Mama bereits schwer verletzt hatte, entschied ich mich dafür, das Zeug ohne Murren und Knurren zu schlukken. Okay, nicht nur deswegen. Auf dem Herd stand ein großer Topf. Mama hatte was von Kürbissuppe gesagt. Aber wer weiß schon, ob Menschen nicht auch Katze da reintun? Denen ist doch alles zuzutrauen!

Herr Schrödinger, Runde 2 – und das menschliche Bett

Von Herrn Schrödinger habe ich ja schon berichtet. Man muss aber nicht glauben, dass es ausreicht, so einen ausgewachsenen Kater ein bisschen anzufauchen, während man selbst noch ein Baby ist. Der Herr Schrödinger hat mir im Grunde immer wieder mal zu verstehen gegeben, dass er sich von mir nicht einschüchtern lässt. Also irgendwie schon, aber … also es gab Abende, da guckte der mich voller Abscheu an und meinte, er würde mich nicht ernst nehmen, ich sollte mir doch erst mal die Eierschalen hinter den Ohren wegkratzen. Ich bin doch kein Huhn! Und ja, das sind Tiere, die kenne ich, ich wurde schließlich in der Eifel auf einem Bauernhof geboren und da gibt es ganz viele Viecher mit Eierschalen!

Da er mir aber mehr oder weniger aus dem Weg ging, habe ich das Ganze natürlich auch nicht so ernst genommen. Eines Tages aber setzte der sich mir gegenüber und guckte mich die ganze Zeit an. Ziemlich feindselig, wenn man mich fragt, aber mich fragt ja niemand. Überhaupt ist das ein Problem, dass ich niemals, wirklich niemals gefragt werde, was ich von der einen oder anderen Sache halte. Da kann man schon mal schlechte Laune kriegen, oder nicht?

Wie auch immer, es war ein herrlich kuscheliger Abend. Der Winter war fast vorbei, sagten Mama und Papa jedenfalls. Trotzdem drehten die noch die Heizung auf, jedenfalls abends, wenn wir alle im Wohnzimmer saßen. Total gemütlich, sage ich euch! Ich setze mich also so auf mein Sofa, rolle mich, ganz in mir selbst ruhend, ein. Da spüre ich plötzlich, dass er auf der anderen Couch sitzt. Bei Mama. Und mich die ganze Zeit anguckt. Und ja, feindselig! Erst habe ich gedacht, ich ignoriere das Ganze einfach. Ich tue so, als wäre er überhaupt nicht da. Das ist Verachtung pur und das funktioniert sehr oft. Weder Menschen, noch Tiere mögen es, wenn man sie total ignoriert. Das heißt ja im Klartext nichts anderes als: Hey, du bist so unwichtig, dass ich dich nicht mal sehe!

Der Herr Schrödinger aber saß da ungerührt auf dem Sofa, bei Mama natürlich, guckte mich die ganze Zeit an. Also guckte ich eine ganze Weile weg und sah ihn einfach nicht. Im Gegenteil, ich rollte mich noch ein bisschen mehr ein und fing an, ausgiebig zu schnurren. Papa saß nämlich neben mir und was soll ich sagen? Menschen mögen das, wenn wir schnurren. Wenn wir richtig laut schnurren, lieben die uns total. Dann denken die nämlich, sie haben alles richtig gemacht und wir fühlen uns total wohl! Na gut, am Ende ist das ja auch die Wahrheit. Aber das Schnurren hat noch eine andere Wirkung: Die werden dösig, also die Menschen. Je lauter du als Katze schnurrst, umso schneller pennen die Menschen ein.

Das ist ganz wichtiges Katzenwissen, gehört sozusagen auf Seite eins eines jeden Ratgebers für Katzen. Wenn du dich nämlich als Kater von Welt in das menschliche Bett schmuggelst, dann wollen sie dich natürlich in den Anfängen erst mal loswerden. Die erzählen was von Katzenhaaren. Und Pfoten, die man dann mitten in der Nacht im Gesicht hat. Und eventuell ein bisschen Rotz, falls man mal niesen muss. Da Menschen immer nach Duschgel oder Parfüm riechen, muss man halt ab und zu mal niesen und niesen geht niemals ohne Rotz. Jedenfalls wollen sie dich – eigentlich – nicht in ihren Betten haben. Du musst als Kater also mit allen Tricks arbeiten.

Und das heißt: Lege dich möglichst so hin, dass du sie mit der ganzen Körperfläche berührst. Sie finden das weich, warm und kuschelig. Vermeide es unbedingt, rumzukneten oder irgendwie die Krallen auszufahren. Das kannst du alles später machen, wenn sie sich dran gewöhnt haben, dass das menschliche Bett ab sofort auch deine Schlafresidenz ist. So, und dann fängst du an zu schnurren. Wenn du dich klug positioniert hast, dann ergeben sich aus deinem Schnurren nämlich so Schwingungen, die der Mensch in seinem Körper spürt. Und außerdem werden die total schläfrig, das ist überhaupt das Wichtigste an der ganzen Sache. Wenn sie richtig schläfrig sind, haben sie nicht mehr die nötige Energie, dich zu schnappen und auf den Boden zu setzen.

Sie sind nämlich auch nicht so ganz blöd, die Menschen. Sie wissen: Wer eine Katze auf den Boden setzt und meint, sein Bett damit wieder für sich alleine zu haben, irrt. Eine Katze, die es ernst meint, ist innerhalb von Sekunden wieder oben. Hartnäckigkeit zahlt sich immer aus!

Um dich endgültig aus dem Bett zu entfernen, müssten sie also praktisch aufstehen, das Licht anknipsen, dich fluchend suchen – denn wenn du schlau bist, hast du dich jetzt unter das Bett zurückgezogen. Und du kommst natürlich nicht raus. Also kriechen sie drunter, anfangs versuchen sie solche Sachen noch. Du musst sitzen bleiben, bis sie dich fast haben. Aber nur fast. Dann flitzt du auf der anderen Seite unter dem Bett raus und hüpfst wieder auf das Bett. Die machen das nur ein paar Mal, denn wenn die richtig müde sind, fehlt ihnen meist die Kraft für solche nächtlichen Anstrengungen. Und wenn du dein Handwerk beherrscht, dann geben sie relativ schnell auf und lassen dich in ihrem Bett. Sie reden sich dann ein, dass sie es klasse finden, wenn du auch mit im Bett liegst. Diese Schnurrerei beruhigt ungemein, werden sie sagen. Und dieses Kuscheln, einfach nur schön!

Dann kannst du langsam mit Schritt zwei beginnen: Kneten. Mir ist aufgefallen, dass Menschen nicht verstehen, warum wir kneten. Es stört sie, deswegen fängst du damit natürlich erst an, wenn du dafür gesorgt hast, dass sie gar nicht mehr versuchen, dich aus dem Bett, beziehungsweise dem Schlafzimmer zu werfen. Fang langsam an. Leg dich auf das Frauchen und knete sanft, aber bestimmt. Es ist wichtig für uns Katzen, dass der Ort, an den wir uns zum Schlafen zurückziehen, einwandfrei vorbereitet ist und das geht eben nur, wenn wir vorher alle Unebenheiten wegkneten. So, und damit habe ich das auch für euch Menschen erklärt. Ihr guckt immer total schlau aus der Wäsche und erzählt was vom Milchtritt. Für wie infantil haltet ihr uns eigentlich? Den Milchtritt machen wir, solange wir klein sind und noch an die Milchbar unserer Mama wollen. Wenn keine Mama da ist oder wenn wir groß genug sind, kneten wir nicht aus solchen Gründen. Nein, wir kneten, wie bereits oben erwähnt, alle Unebenheiten weg. Ich habe beobachtet, dass Menschen auch ihre Decken und Kissen aufschütteln, bevor sie ins Bett gehen. Unsere Kneterei ist nix anderes – wir machen uns die Stelle gemütlich, an der wir ein Nickerchen zu halten gedenken.

So, nun aber weiter mit dem wichtigen Katzenwissen: Mach nicht den Fehler, über ihrem Kopf zu kneten, das ist mir anfangs mal passiert, denn mir hat das keiner gesagt. Wenn du auf dem Kopfkissen, direkt über ihrem Kopf knetest, fluchen sie laut und werfen dich aus dem Schlafzimmer, egal wie müde sie sind. Die haben nämlich Fell auf dem Kopf und das von meiner Mama ist ziemlich lang. Wenn man da drauf rumknetet, dann tut ihr das weh. Sagt sie jedenfalls.

So, nun zurück zum Herrn Schrödinger. Der lag da also auf der Couch, bei Mama, und meinte, mich angucken zu müssen, die ganze Zeit. Irgendwann guckte ich also dann doch mal hoch. Und fragte ihn, warum er so dämlich glotzt. Dämlich ist übrigens gar kein Ausdruck. Der Herr Schrödinger ist ein Sabberkater. Sobald Mama oder Papa richtig doll mit ihm schmusen oder er es sich auf deren Schoß bequem gemacht hat, fängt der an, laut zu schnurren – und sabbert dabei was das Zeug hält. Richtig ekelhaft ist das. Mama erzählte mal irgendwann, dass sie das der Tierärztin gesagt hat und die meinte wohl: »Na, der fühlt sich eben wohl!«

Also ich fühle mich auch oft sehr wohl, ich schnurre auch laut und viel, aber ich sabbere nicht. Das ist wirklich eines Katers unwürdig! Schrödinger ließ sich überhaupt nicht kirre machen von mir. Er hob nur kurz den Kopf, als ich ihn fragte, warum er mich so anglotzt. Und guckte weiter. Also setzte ich mich kerzengerade hin und starrte ihn an.

»Die Stimmung hier ist etwas feindselig«, meinte Papa. Mama nickte. »Hm.«

Herr Schrödinger stand auch auf und setzte sich kerzengerade hin. Meine Schwester lag auf dem Boden, sprang dann aber auch auf die Couch und fragte mich, ob ich Hilfe brauche. Ich brauche natürlich keine Hilfe von meiner Schwester, wo kämen wir denn da hin? Schließlich legte sie sich auch hin, aber auf die andere Seite von Papa. Der Herr Schrödinger und ich guckten uns noch eine ganze Weile sehr feindselig an.

Ich bin sehr froh, dass unsere Menschen nicht verstehen, was wir Katzen so von uns geben, wenn wir miteinander reden. Das ist nicht immer nett. Der Herr Schrödinger reizte mich bis aufs Blut und ich habe ihn ordentlich beschimpft.

»Das funktioniert glaube ich mit mentaler Kraft«, meinte Mama. »Die gucken sich nur an und erzählen sich etwas, ohne einen Ton von sich zu geben.«

»Hm«, meinte Papa. »Ich wüsste gerne, wer von den beiden der Freundlichere ist. Der Mephisto guckt ganz schön fies, aber der Herr Schrödinger kann das auch ganz gut.«

Im gleichen Moment stand der Herr Schrödinger auf und verließ beleidigt das Wohnzimmer. »Ach, der will jetzt glaube ich raus«, meinte Mama. Sie stand auf und lief ihm nach, um ihn in den Hof zu lassen.

Sehr gut. Ich hatte ihm gesagt, er soll sich verpissen, und dass ich ihm das Leben zur Hölle machen würde. Weg war er.

Gewonnen!

=^.^=

Die Sache mit dem Futter

Ein schwieriges Thema, wenn man nicht der alleinige Kronprinz in einer Menschenfamilie ist. Ich darf mal daran erinnern: Ich muss mir meine Menschen und dieses Haus noch mit drei anderen Lebewesen teilen. Mit meiner Schwester Lucifer. Mit diesem dementen Hund Chico. Und mit Herrn Schrödinger. Nun sollte man fast meinen, da er ja dem Augenkontakt dauerhaft nicht standhalten konnte, dass er sich verfatzt hätte – aber nein. Weit gefehlt! Er war ziemlich hartnäckig. Und gerade dann, wenn es um das Futter ging.

Futter ist bei Katzen ohnehin so eine Sache. Da wo ich herkomme, also von diesem Bauernhof in der Eifel, da gab man uns Katzen kein Futter. Wir Kinder sollten bei Mama Milch trinken. Das klappte nicht so lange, weil unsere Mutter nach einigen Wochen meinte, wir sollten uns unser Essen jagen. Sie müsste das schließlich auch tun. Also musste ich armes Kerlchen schon in frühester Kindheit lernen, mich selbst zu ernähren. Glücklicherweise liefen da auf dem Bauernhof jede Menge Mäuse rum.

Hier in dieser Familie war das anders. Ich habe später rausgefunden, dass es auch hier jede Menge Mäuse gibt. Aber zu dieser Zeit durften wir ja noch nicht raus. Und das war doof. Die Küche ist nämlich direkt hinter dem Hauseingang, das heißt im Klartext, der Herr Schrödinger und der demente Hund durften rein und raus wie sie Lust hatten. Nur wir nicht. Uns klatschte man jedes Mal die Tür direkt vor der Nase zu.

Also bleibt dir als Katze nichts anderes übrig als rumzuschreien. Das mögen sie nicht so gerne, die Menschen. Die reagieren dann immer mit so Sätzen wie: »Das kann doch nicht sein, dass ihr schon wieder Hunger habt!«, oder mit »Ja, ist ja gut, ich komme ja schon!«, oder »Ihr fresst uns die Haare vom Kopf!«

Den letzten Satz verstehe ich übrigens nicht so wirklich, denn wir Katzen essen natürlich keine Haare. Es scheint so eine Redewendung der Menschen zu sein. Jedenfalls, das möchte ich mal deutlich machen, es klingt nicht so, als wäre man uns besonders zugeneigt! Ihr Menschen solltet doch wissen, dass wir diese Dosen nicht selbst aufkriegen? Wenn wir das könnten, bräuchten wir euch ja nicht! Dann könnten wir ja hier auch ohne euch ganz prima wohnen!

Jedenfalls ist das so, und zwar immer, dass die nicht so einwandfrei funktionieren, die Menschen. Die stehen morgens auf und schlurfen total müde die Treppe runter in das Erdgeschoss. An uns vorbei, ohne uns eines Blickes zu würdigen, obwohl wir uns natürlich sofort alle in Position stellen – in der Küche selbstredend. Aber die rennen erst mal an uns vorbei und ins Bad. Das heißt wohl so, da steht das Klo und außerdem kann man da drin duschen oder baden. All das hat aber mit Wasser zu tun und ist deswegen nichts für uns. Wir vermeiden also unnötige Aufenthalte im Badezimmer.

Es dauert meist ewig, mindestens zwei Minuten, bis die da wieder rauskommen. Dann denkst du, jetzt machen die endlich die Dose auf, aber nein! Erst mal kochen die Kaffee. Das trinken die morgens immer und nach meinen Beobachtungen brauchen die davon mindestens zwei Becher voll, damit sie aufhören zu gähnen. Warum legen die sich nicht einfach wieder schlafen, nachdem sie uns Futter gegeben haben?

Jedenfalls dauert auch das ewig, auch mindestens zwei Minuten. Erst dann bequemen sie sich mal, die Dose endlich aufzumachen. Drei Katzen. Ein Hund. Wie will man da alles gerecht aufteilen? Es gelingt ihnen nicht, also muss jeder von uns sehen wo er bleibt.

Zuerst kriegen immer wir Katzen was. Da haben wir uns aber erarbeitet. Mama und Papa haben sehr schnell festgestellt, dass der Hund nicht ans Fressen kommt, wenn sie ihm zuerst was hinstellen. Dann stürzen wir uns nämlich erst mal aufs Hundefutter. Also bekommen inzwischen zuerst wir unser Essen und dann erst der Hund.

=^.^=

Drei Katzen, drei Katzennäpfchen. Man muss sie immer mit der gesamten Dramatik dieses Rituals konfrontieren. Sonst lernen die die richtige Reihenfolge nämlich niemals: Katzen füttern, Klo, Kaffee kochen, Hund füttern. So wäre es richtig. Damit sie das irgendwann mal begreifen, stürzen wir drei Katzen uns also wie die Bescheuerten auf unsere gefüllten Näpfchen. Es geht darum, ihnen zu verdeutlichen, wie ausgehungert wir sind. Der Hund guckt blöd.

Der Herr Schrödinger kann in solchen Momenten akzeptiert werden. Geht es ums Futter, darf man keine Zeit verlieren. Ich teste aber immer, ob er vielleicht was Besseres bekommt als wir. Nicht dass unser Futter nicht gut wäre, aber man muss ja sicherstellen, dass er nicht bevorzugt wird. Ich habe allerdings jedes Mal festgestellt, dass er das gleiche bekommt. So, und dann heißt es: ranhalten. Wer sein Näpfchen zuerst leer hat, darf den Herrn Schrödinger mit Fauchen und Knurren von seinem Napf vertreiben. Luci schafft das übrigens nie und obwohl ich es ihr untersagt habe, ist sie immer recht freundlich zu Herrn Schrödinger.

»Der ist aber doch ganz nett«, meinte sie neulich erst wieder. Ich sah sie verächtlich an. »Schon gut, schon gut«, meinte sie. »Ich weiß ja, ignorieren, anfauchen und fies zu ihm sein. Aber manchmal tut er mir leid.« Wieder sah ich sie an, noch verächtlicher als zuvor. »Schon gut«, lenkte sie wieder ein. »Wir mögen ihn nicht, alles klar.«

In der Zwischenzeit bekommt auch der Hund den Napf gefüllt. Ich weiß nicht, ob der so geduldig wartet, weil er dement ist, oder ob Hunde das immer so machen. Aber er sitzt einfach nur da und wartet. Also kann man antesten, ob sein Futter besser schmeckt als unseres. Und das mache ich übrigens jeden Tag. Wahrscheinlich liegt es auch an diesem Demenz-Zeug, dass er sich das gefallen lässt. Also ich würde ja jedem sofort ein Auge auskratzen, der es wagt, an mein Näpfchen zu gehen, aber dieser Hund ist wirklich ein bisschen dusselig.

Was sein Futter betrifft: Es schmeckt ziemlich gut. Nicht besser als unseres, aber auch ganz gut. Und es ist gut zu wissen, dass es auch noch da ist, denn der frisst nie alles und uns geben die natürlich niemals genug. Also kann man, wenn man später noch ein bisschen Hunger verspürt, auch vom Hundefutter naschen. Das Geile ist: Sie stellen das Katzenfutter immer so hin, dass der Hund nicht drankommt. Hunde kriegen von Katzenfutter nämlich Durchfall. Aber sein Futter steht auf dem Boden und da kommen wir prima dran.

Ganz wichtig: Etwa zwei Stunden nach der morgendlichen Fütterung muss wieder rumgeschrien werden. Es ist niemals so, dass die Menschen sofort wissen, was wir wollen. Es ist niemals so, dass sie augenblicklich in die Küche rennen und eine neue Dose öffnen. Es ist eher so, dass die sich immer mächtig Zeit lassen damit. Also rumschreien was das Zeug hält, zu jeder Gelegenheit, damit man ordentlich gefüttert wird.

Ich persönlich habe mir ja noch was anderes angewöhnt. Ich setze mich auf die Küchentheke. Wenn ich Hunger habe und einer von denen – Mama oder Papa – an mir vorbeiflitzen, um aufs Klo zu gehen, werfe ich irgendwas runter. Das mache ich natürlich erst nach ein paar sehr eindringlichen Blicken. Aber wenn sie das nicht verstehen, fange ich an die Sachen, die auf dem Schrank stehen, mit einem eleganten Strich runter zu fegen. Dann gucke ich sie wieder eindringlich an. Wenn sie dann noch immer nicht reagieren, fege ich den nächsten Gegenstand runter, und gucke sie wieder eindringlich an. Ich mache das so lange, bis sie seufzen und die nächste Dose öffnen. Sie schimpfen dann zwar, aber es funktioniert. Ich mach das übrigens auch mal, wenn sie nebenan sitzen und sich unterhalten. Und wenn sie nicht reagieren, wenn ich in der Küche Sachen runterwerfe, komme ich ins Esszimmer. Dann setze ich mich da auf die Kommode, gucke sie an und wenn sie nicht reagieren – Pech gehabt! Platsch! Dann fliegt halt irgendwas auf den Boden! Es funktioniert auch, wenn die im Wohnzimmer sitzen und fernsehen. Das Wohnzimmer liegt zwar weiter hinten im Haus, aber damit wir immer überall rein und raus können, lassen sie immer alle Türen auf. Sie hören es auch dort, wenn ich was vom Schrank fege und wissen zumindest, dass sie mal gucken müssen, was das nun schon wieder gewesen ist. Denn gelegentlich habe ich auch schon Geschirr runtergefegt, Flaschen oder was da sonst noch so rumsteht.

So, und nun noch mal zum Herrn Schrödinger. Es hat nicht besonders lange gedauert, bis ich ihm klar gemacht habe, dass er an unseren Näpfchen nichts verloren hat. Und es versteht sich von selbst, dass ich sein Näpfchen auch als unseres ansehe, nicht? Jedenfalls geht der Herr Schrödinger dann immer total beleidigt raus. Mir hat er gesagt, er geht Mäuse fangen. Soll er doch! Das hätten wir ja auch gerne getan, aber wir wurden ja hier in diesem Haus gefangen gehalten!

Resident Evil – und was Menschen sonst noch konsumieren

Sie haben sich schon einige Male gefragt, warum ich so bin, wie ich bin, meine Menschen. Also Mama und Papa. Über mein Verhalten dem Herrn Schrödinger gegenüber ärgern sie sich ganz besonders, übrigens heute noch. Mama schaut sich manchmal Fotos von ihm an und seufzt. »Das ist ein toller Kater!«, sagt sie dann oft. Dann guckt sie mich an. »Wenn du nicht so ein kleines Miststück wärst …«

Sie führt das nicht weiter aus und das ist gut so. Denn wenn ich zornig werde, bin ich nicht freundlich. Außerdem müssen die mal drüber nachdenken, warum ich so geworden bin. Seit dem Tag meiner Geburt habe ich Kampf erlebt. Nun sollte man meinen, dass sich mein Leben ja um 100 Prozent ins Positive verändert hat, als ich mit meiner Schwester von diesem Bauernhof weg kam und hier einziehen konnte. Das ist im Grunde auch so. Aber mir ist schnell klar geworden, dass Menschen vor ihren Kindern, wenn sie verantwortungsbewusst sind, viele Dinge verstecken. Bei ihren Katzen sind sie da weniger empfindlich.

So haben mich zum Beispiel während meiner ganzen Kindheit die Geräusche von Resident Evil begleitet. Du weißt nicht, was das ist? Nun, es gibt auch Filme, die so heißen. Meine Leute haben die auch schon geguckt. Aber es gibt auch Spiele für die Playstation, die so heißen. Als Luci und ich ganz kleine Kinder waren, hat Mama wie bescheuert Resident Evil 4 gespielt. Auf der Playstation 2. Und jeden Abend hat sie gesagt: »Ja, ich weiß, die Playstation 2 ist veraltet, aber es macht halt Spaß.« Später hat sie sich eine Playstation 3 besorgt, damit spielt sie aber gar nicht. »Hm«, meinte sie neulich erst wieder. »Vielleicht ist das jetzt einfach so, dass ich zu alt bin für den Scheiß. Ich komme mit der blöden Steuerung hier nicht klar.«

Ja, zurück zu Resident Evil 4. Ich weiß nicht, wer von euch das kennt, aber das ist ein Spiel, in dem geht es um Zombies.

Es gibt einen Helden, wenn ich das richtig verstanden habe, der heißt Leon. Und der kämpft gegen diese ganzen Zombies. Er tut das nicht wirklich, weil am Ende ja Mama für ihn kämpft, wenn sie dieses Ding in der Hand hat. Joystick nennt sich das? Oder so ähnlich? Wie auch immer, die Musik in dem Spiel ist bedrohlich. Von Anfang bis Ende hört man immer spanische Flüche und immer, wenn einer dieser Zombies getötet wurde, hört man sein Todesstöhnen.

Vor einem Kind würden die so was niemals spielen, aber auf kleine Katzen nehmen Menschen keine Rücksicht. Wir hätten gerne klassische Musik gehört, stattdessen mussten wir dieses Zombiesterben vernehmen. Jeden Abend, bis sie das Spiel durch hatte. Das dauerte Wochen und dann spielte sie es wieder von vorne.

An manchen Abenden hatte sie keine Lust zu zocken, so nannte sie das immer. Dann legte sie DVDs ein und daraufhin wurden Filme im Fernsehen gezeigt. Ich war am Anfang wirklich verwundert über diese Menschen da im Fernsehen. Manchmal sah man auch Tiere. Ich bin dann immer hinter den Fernseher gegangen und habe sie gesucht. Wenn ich niemanden gefunden habe, hab ich was runter geworfen. Dann schimpften sie immer und ich mache das heute noch manchmal. Es ist ein Zeichen, das sie leider nicht verstehen. Wenn ich was runterwerfe, heißt das: Fütter mich, hab mich lieb, streichele mich. Aber die gucken lieber in diesen viereckigen Kasten, in dem dann Filme laufen mit Menschen, die in Wirklichkeit gar nicht da sind.

Der Mix ist übrigens ziemlich krass. Meine Mama ist nämlich ein Serienjunkie, sagt sie. Sie sagt das oft und dann lacht sie immer über sich selbst, weil sie zum fünften Mal irgendeine Serie guckt. Sie kauft sich die immer.

Was ich da wirklich gut fand: Die Desperate Housewives. Sieben Staffeln lang, oder waren es acht? Wie auch immer, das zog sich über Wochen, jeden Abend guckten die hier drei oder vier Folgen. Ist euch schon mal aufgefallen, dass die Titelmusik der Desperate Housewives total schöne Katzenmusik ist? Sie klingt wie die Begleitmusik zu einem Film über Katzenbabys. Dazwischen hört man dann immer Vögelchen pfeifen, das ist wirklich nett. Mama ist manchmal eingeschlafen und dann lief das die ganze Nacht durch.

Was sie auch gerne sehen, sind die Tudors. Die einzelnen Folgen an sich finde ich nicht so schön. Da wird viel gekämpft, viele Menschen werden getötet und in der Zeit, in der diese Serie spielt, waren Menschen zu Menschen ganz schön fies, und zu Katzen erst recht. Aber die Musik, wenn die Folge anfängt oder die DVD am Ende ist, die ist richtig schön. Dabei kann man herrlich träumen.

Sehr bedrohlich hingegen klingt die Titelmusik zu »The Walking Dead«. Darauf stehen sie beide, auch Papa. Sie sagen immer, das ist total spannend. Und Mama sagt manchmal: »Hauptsachc, Daryl passiert nichts!« Das macht sie in fast jeder Folge mindestens einmal.

Auch sehr nett, vom Musikalischen her: »Game of Thrones«. Mama sagt, sie hat die erste Staffel total billig bekommen und hat sie dann halt mal mitgenommen, weil alle Welt davon redet. Ich kann das nicht bestätigen, ich hatte mich bis dahin niemals damit auseinander gesetzt. Aber sie meinte, jeder redet davon, also muss doch was dran sein. Und dann hing sie vor dem Fernseher, als wollte sie da reinkriechen. Völlig fasziniert war sie, und Papa natürlich auch.

Auf Resident Evil muss ich aber noch mal zurückkommen. Immer dann, wenn sie eine Serie zu Ende geguckt haben und auf die nächste Staffel warten müssen, seufzen sie hier rum. Sie finden dann alles langweilig, was im normalen Fernsehen läuft und irgendwann hat Mama mal gesagt, dass sie das gewöhnliche Fernsehen mit den ganz normalen Programmen nicht leiden kann. Wegen der Werbung. Und weil da immer das Gleiche läuft. Das stimmt nicht so ganz, ich meine eher, dass hier immer das Gleiche läuft. Vor allem dann, wenn sie meint, sie müsste aus lauter Verzweiflung irgendeine Serie noch einmal gucken. Aber wenn sie nichts hat, was sie nochmal gucken will, fängt sie immer wieder mit diesem Resident Evil Spiel an. Dann zockt sie tagelang und manchmal spielt sie das Spiel dann gleich noch mal. Oder ein anderes.

Es ist halt so, dass ich inzwischen festgestellt habe, dass das ganz normale Fernsehprogramm gar nicht schlecht ist. Ich ärgere mich nur immer über die Unterbrechungen, wenn der Film weitergeht. Ansonsten finde ich Fernsehen nicht schlecht. Es gibt eine Menge, wirklich liebevoll gemachte Werbung für Katzenfutter. Neulich habe ich erst wieder so eine Werbung gesehen, da hat ein Frauchen ihrer Katze tatsächlich das Futter auf einem Porzellanteller serviert. Und vorher hat sie es mit einem Petersilienblatt garniert. Als dieser schöne Film lief, guckte ich immer wieder zu Mama rüber und verdeutlichte ihr, dass ich mein Essen auch so serviert haben möchte. Es geht mir nicht um die Petersilie, sondern um diese liebevolle Art, wie die Frau in dem Film ihrem Kater das Essen kredenzt. Ich glaube auch, dass sie mich verstanden hat, denn sie guckte mich an und meinte: »Nein Mephisto, so was fangen wir hier gar nicht an!«

Auch nett: Die Werbung über diesen Whiskas-Knabberkram. Kennt ihr das Zeug? Das ist in einem Plastikschälchen drin, das aussieht wie ein Katzenkopf. Im Gegensatz zu einer Dose bekomme ich das übrigens auch ganz alleine auf. Es dauert zwar eine Weile, aber es geht.

Manchmal hören sie Musik, die gefällt mir auch nicht immer. Ich habe auch schon versucht, das zu zeigen. Papa sammelt nämlich Schallplatten. Er hatte sie mal eine ganze Weile in so Plattenständern auf dem Boden neben der Stereoanlage stehen. Da konnte man prima drauf sitzen, aber das Beste: Krallen wetzen!

Er hat einen Schrei losgelassen und mich da verjagt. Immerhin wusste ich danach, was ihn so richtig auf die Palme bringt. Seine Schallplatten scheinen ihm viel zu bedeuten. Sowas merkt man sich natürlich, denn es gibt immer mal wieder etwas, worüber man sich ärgert. Gut zu wissen, dass man seinem Zorn dann adäquat Ausdruck verleihen kann.

»Du bist ein Psychopath!«, sagte er zu mir, als er mich beim zweiten Mal verscheuchte.

Ich bin etwas erstaunt. Die spielen hier Resident Evil und gucken sich Metzelfilme an. Unsere gesamte Kindheit war begleitet von finsterer Hintergrundmusik, dem Todesseufzen irgendwelcher Zombies und der bedrohlichen Musik von »The Walking Dead«. Und dann wundern die sich, dass ich ein Psychopath geworden bin?

Aber gut, das ist jetzt nicht mehr zu ändern. Ihre Schallplatten haben sie übrigens inzwischen in Sicherheit gebracht. Die haben jetzt so ein fettes Hifi-Regal im Wohnzimmer, da stehen die Schallplatten in, Schutzhüllen drin. Und die einzelnen Fächer sind so niedrig, dass man sich nicht mehr auf die Schallplatten draufsetzen kann.

Macht nichts. Ich finde was anderes!

=^.^=

Die Welt ist voller Mäuse

Im Frühjahr 2012 durften wir das erste Mal raus. Ich weiß das genau, dass das in diesem Jahr war, denn unsere Menschen haben drüber gesprochen. Wir waren also nun ein halbes Jahr alt. Sagten die jedenfalls. Also Mama und Papa. Wir nennen die ja so.

Eines Tages sagte also Mama: »Du hör mal, es ist schönes Wetter und ich finde, es wird Zeit, dass die kleinen Racker mal ihre Umgebung erkunden.« Und Papa meinte: »Hm.«

Also machten sie die Tür auf. Ich wusste damals noch nicht, was schönes Wetter ist, aber das ist irgendwas, was Menschen toll finden. So toll, dass die sich freiwillig draußen hinsetzen. Sie sagten, es ist eine Terrasse. Wir haben uns total vorsichtig rausgeschlichen. Die Luci blieb ewig in der Haustür stehen, sie war ja gewohnt, dass man uns die ständig vor der Nase zuhaut. Ich hingegen bin ja ein Haudegen und bin zwar ein bisschen langsamer gelaufen, habe auch erst mal vorsichtig überall rumgeschnuppert. Aber dann habe ich schnell festgestellt, dass es draußen total schön ist! In der Luft flogen so Dinger rum, Papa meinte, das wären Vögel. Und er guckte ständig ganz versonnen in die Luft und meinte: »Hach ja, es ist Frühling!«

Und Mama kochte diesen Kaffee, den die immer trinken müssen, damit die nicht einschlafen. Dann setzten die sich raus und steckten ihre Nasen in so Dinger, die sie »Bücher« nennen. Ich bin im ganzen Hof rumgeschlichen und die Luci kam mir dann auch hinterher. Aber ich muss schon sagen, typisch Mädchen, sie war ziemlich ängstlich. Jedenfalls am Anfang. Stück für Stück erkundeten wir den Hof. Da standen zwei Autos rum. Ich weiß deswegen, dass das Autos sind, weil die sich dann auch über die Autos unterhalten haben. Vor dem Hof war ein Tor, aber ich weiß auch nicht, ob die das wegen uns da hatten oder weil sie nicht wollen, dass ihre Autos weglaufen. Wir können nämlich ganz problemlos durch das Tor schlüpfen. Aber gut, so weit waren wir noch gar nicht. Die Luci meinte nämlich plötzlich: »Du hör mal! Da wo Mama und Papa sitzen, da habe ich ’ne Treppe gesehen! Da geht es irgendwie hoch und ich glaube, da geht es weiter! Lass uns da mal hingehen!«

Ja, das haben wir dann auch gemacht. Also Stück für Stück wieder zurück über den ganzen Hof, vorbei an den Autos, was immer man damit auch macht, und auf die Terrasse. »Na Mephisto!«, rief Papa. »Hast du den Hof schon erkundet, ja?«

Dämliche Frage! Natürlich! Aber gut, so sind sie halt, die Menschen. Die Terrasse gab nicht so viel her. Ein paar Pflanzen standen da. Die kennen wir. Das sind die Dinger, über die sich Mama immer aufregt. Jedenfalls dann, wenn wir an den Stämmen hochgeklettert sind und Erde rausgeschmissen haben. Wir haben das nach einer Weile ja nicht mehr gemacht, aber das lag auch daran, dass Mama dann alle Pflanzen rausgebracht hat aus dem Wohnzimmer. Oder aus dem Haus überhaupt? Wenn ich so drüber nachdenke, habe ich seit einiger Zeit gar keine Pflanzen mehr gesehen!

»Der hat mir meinen Bananenbaum kaputt gemacht!«, war irgendwie das letzte, was ich in Bezug auf ihre Pflanzen gehört habe. Bananenbaum? Das war doch ein Kletterstamm! Total lustig, da hochzuklettern! Und diese langen, breiten Blätter! Wenn man die fängt, dann reißen die und wenn man das ein paar Mal macht, sieht der ganze Bananenbaum völlig anders aus! Total lustig! Die Blätter hängen dann nicht mehr zusammen, sondern es sind viele, kleine Streifen. Mama fand das nicht lustig, wir schon.

Jedenfalls standen auf der Terrasse auch so ein paar Pflanzen rum. Langweilig, das hatten wir schon. Also suchte ich diese Treppe, von der Luci geredet hatte. Und fand sie auch ganz schnell. Vorsichtig schlich ich da hoch … es hätte ja sein können, dass der Herr Schrödinger da sitzt und nur drauf wartet, dass ich ahnungslos um die Ecke komme. Denn das steht fest, das muss man vermeiden, man darf sich niemals überraschen lassen!

=^.^=

Der war allerdings nicht da. Aber was ich da sah, war einfach nur toll! Ein riesig großer Garten war da. Und noch mal so was wie eine Terrasse. Ein riesig großer Baum, auf dem man bestimmt toll rumklettern konnte! Mama war mir nachgelaufen und Papa kam auch hinterher. »Mal sehen, ob der dieses Jahr wieder so viel Kirschen trägt wie letztes Jahr«, meinte sie. Ein Baum, der Kirschen trägt? Was soll das sein?

Später habe ich rausgefunden, dass das Futter für die Menschen ist. Mama macht da Marmelade draus. Und Kuchen. Und irgendwas mit Alkohol, was wir nicht schlabbern dürfen, die aber schon. Und wenn die das geschlabbert haben, kichern sie immer komisch rum. Und von Chutney haben sie auch geredet, aber ich habe echt keine Ahnung, was das alles ist. Wir kriegen ja immer nur das Dosenzeug. Und manchmal vergessen sie, die Butterdose wieder in den Kühlschrank zu stellen. Butter ist richtig lecker, aber nach dem letzten Mal war mir ein bisschen schlecht. Ich glaube, ich habe zu viel davon genascht.

Auf der einen Seite von diesem Garten war eine Mauer und zu meiner Empörung saß da eine Katze drauf, die ich nicht kannte. Später habe ich erfahren, dass sie Julie heißt und den Nachbarn gehört. Das Beste aber an diesem Garten war wirklich dieser tolle Baum und dieses ganze Gras, in dem man sich toll verstecken konnte. Und die Mäuse! Überall im Gras quietschte und raschelte es und ich kannte diese Dinger ja schon von diesem Bauernhof in der Eifel. Luci und ich guckten uns an und verstanden und ohne Worte. Die Jagd war eröffnet! Innerhalb kürzester Zeit haben wir jede Menge Mäuse gefangen, allerdings haben wir auch schnell festgestellt, dass da viele Mäuse dabei sind, die nicht schmecken. Die haben so einen langen, spitzen Schnabel und die zu fangen, lohnt sich eigentlich nicht. Das kann man machen, wenn man Lust hat, ein bisschen zu spielen, denn ganz ehrlich, die versuchen genauso abzuhauen wie die richtigen Mäuse auch. Und sie quietschen! Aber sie schmecken einfach scheiße.

»Wir sollten unseren Menschen ein paar Mäuse hinlegen«, sagte Luci. »So als Dankeschön, weil sie sich so lieb um uns kümmern. Bestimmt freuen die sich!« Meine Schwester ist immer so nett. Aber sie ist halt ein Mädchen, ich glaube, Mädchen sind so. Müssen sich immer bedanken und solche Sachen. Aber gut, vielleicht hatte sie nicht Unrecht. Es kann nur von Vorteil sein, wenn die Menschen denken, wir wollen ihnen was Gutes tun. Wir fingen also jede Menge Mäuse, schlugen uns den Bauch voll und die, die wir nicht mehr essen konnten, legten wir unseren Menschen hin. Vor allem aber die mit dem langen Schnabel. Schön säuberlich auf die Terrasse.

»Boah, ist das ekelig«, sagte Mama irgendwann. »Hier muss man echt aufpassen, wohin man tritt! Überall tote Mäuse!«

»Ich habe schon ein paar entsorgt«, sagte Papa. »Das sind schon wieder neue Mäuse.«

»Die haben sie uns bestimmt als Dankeschön für das Dosenfutter hingelegt!«

»Na, dann iss sie doch!« Papa lachte.

Mama hat sie alle eingesammelt und sich überschwänglich bei uns bedankt. »Toll gemacht!«, sagte sie immer wieder. »Toll gemacht!«

Wir waren voll stolz auf unsere gute Arbeit. Aber dann … ja, dann sahen wir, dass Mama in der Küche so Papier holte und die Mäuse damit aufhob. Dann warf sie die alle in die Biotonne. Wahrscheinlich dachte sie, wir hätten es nicht gesehen, aber ganz ehrlich: Ich war echt stinksauer. Da jagen wir den ganzen Tag Mäuse, machen uns total viel Mühe, drapieren sie liebevoll auf der Terrasse! Ja, wir schlitzen sie nicht mal auf, kein Härchen krümmen wir denen, damit sie unversehrt in den Futtervorrat unserer Menschen gelangen, den sie im Kühlschrank aufbewahren. Und was machen die?

DIE WERFEN SIE WEG!

DIE ESSEN SIE ÜBERHAUPT NICHT!

Menschen sind so undankbar! Luci war total traurig, sie hat fast geheult. »Hör bloß auf zu plärren!«, sagte ich. »Am Ende schleppen die uns wieder zum Tierarzt wegen dir!«

»Aber sie haben verstanden, dass es ein Geschenk war und sie haben sich über das Geschenk auch gefreut!«, sagte Luci. »Warum werfen sie die dann weg?«

»Also«, sagte ich. »Wir machen das ab heute so … Wir legen denen nur noch die Mäuse mit dem spitzen Schnabel hin. Die schmecken uns eh nicht und die machen wir ja nur tot, weil sie so lustig quietschen und rennen.«

»Aber warum sollen wir denen weiterhin Mäuse schenken, wenn sie die nicht essen?«, jammerte Luci. »Das ist doch total doof!«

»Eben nicht«, antwortete ich. »Das sind unsere Menschen und wir wollen, dass die uns täglich ein paar Dosen aufmachen. Und unsere Klos sauber halten. Und mit uns kuscheln und schmusen. In ihr Bett wollen wir auch. Damit das alles schön so bleibt, wie es jetzt ist und wie wir es haben wollen, geben wir ihnen einfach das Gefühl, dass wir auch an sie denken.«

Wir erfuhren später, dass man diese Mäuse, die nicht schmecken, »Spitzmäuse« nennt. Mir egal. Wie gesagt, sie quietschen so schön und es macht Spaß sie zu jagen. Das ist Grund genug, um es zu tun. Auch wenn sie keiner isst.

Übrigens, noch eine Erkenntnis: Diese äußerst gemütlichen Fernsehabende im warmen Wohnzimmer auf dem Sofa – die gibt es im Sommer nicht. Sobald das Wetter schön ist, sitzen die draußen. Sie werfen Fleisch auf den Grill, von dem wir nichts abkriegen. Oder nur, wenn wir recht massiv werden. Sie liegen dann die halbe Nacht in so Liegestühlen, zünden Kerzen auf dem Tisch an und lesen dicke Bücher. Das ist so dermaßen langweilig, dass man keine andere Möglichkeit hat, als draußen rumzuräubern und sich mit anderen Katzen zu zanken.

Muss Kastration wirklich sein?

Eine einzige, unkastrierte Katze kann innerhalb von wenigen Jahren für gute 7000 Nachkommen verantwortlich sein – sagen die Menschen. Das verstehe ich ja, und ich halte auch nichts von Katzennachwuchs. Denn mal im Ernst, das ist ja so, wo jede Menge Gören sind, da herrscht einfach keine nette Stimmung mehr. Die flitzen dann rum und wenn man irgendwo liegt und kuscheln oder einfach nur schlafen will, muss man ständig damit rechnen, dass so ein Katzenbaby plötzlich anfängt zu nerven. Beißen in den Schwanz, stürzen sich mit voller Wucht und ausgefahrenen Krällchen auf dich, wenn du gerade friedlich schläfst und von Unmengen Dosenfutter und Mäusen träumst. Sie kacken alles voll und pinkeln auch noch drauf und wenn sie endlich gelernt haben, sich zu benehmen, bist du als ausgewachsener Kater mit den Nerven total am Ende. Davon erholt man sich nicht so leicht! Ich habe es doch gesehen, auf dem Bauernhof in der Eifel, unsere Mutter war ja total genervt und völlig ausgezehrt! Und warum wohl bin ich immer stiften gegangen, hm? Warum wohl habe ich mich lieber draußen rumgetrieben, statt in der Scheune rumzuhocken, in der es ja am Ende genauso arschkalt war wie draußen?

Na, wie auch immer, wenn wir über Kastration sprechen, hier zu Hause, dann finde ich das schon gut. Das erspart dem Nachwuchs ein ungewisses Schicksal. Und mir erspart es dieses ganze Katzenbabygenerve. Was ich allerdings nicht gut finde ist, wenn sie über Kastration von Katzen sprechen und dann mich angucken. Denn ich bin ein Kater, ich kriege keine Babys. Gut, ich kann welche machen, das ist richtig. Aber das ist bei Menschen auch so, habe ich gehört. Die menschlichen Kater können Babys machen, aber keine kriegen. Die Frauen nehmen deswegen irgendwelche Pillen, damit sie nicht schwanger werden. Habe ich gehört, meine Mama sagt, sie kann nicht mehr schwanger werden. Aber sie hat ja wohl auch schon Kinder, nur dass die schon erwachsen sind und hier nicht mehr wohnen. Gut, zurück zum Thema: Wer sollte sich nun um die Verhütung kümmern? Richtig, die Mädels!

»Ja, mit wem von den beiden wollen wir denn anfangen?«, fragte Papa eines Tages. Und guckte mich an.

»Ich denke, mit dem Kater«, antwortete Mama, und sie guckte auch mich an.

»Warum mit dem Kater?«, fragte Papa. »Wollen wir nicht lieber zuerst die Luci kastrieren lassen?«

»Hm«, meinte Mama. »Das ist so. Hier rennen ja keine unkastrierten Kater rum, außer unserem Mephisto. Das heißt, der Luci kann nix passieren. Meine ich, weiß es halt nicht. Mit einem müssen wir anfangen und die Kastration von einer Katze ist deutlich teurer als die von einem Kater. Ich schlage vor, dass wir uns den Mephisto diesen Monat vornehmen und die Luci ist dann nächsten Monat dran.«

»Hm«, meinte Papa. »Wollen wir nicht beide …?«

»Wenn du es bezahlst«, meinte Mama. »Bei mir ist es knapp diesen Monat.«

Sie erzählte dann was von einer Gasnachzahlung, einer Stromnachzahlung und gekürzten Stunden, also weniger Geld, und das ausgerechnet jetzt. Echt blöd. Und Papa erzählte auch was über Gasrechnung und Stromrechnung und einen geplatzten Auftrag. Genauso blöd.

»Bei Katern ist es ja auch nicht nur blanke Verhütung«, sagte sie. »Die fangen ja auch an, alles zu markieren und ich hätte die Kastration gerne erledigt, bevor er damit anfängt. Und damit ist ja auch schon gesichert, dass er seine Schwester nicht …«

»Aufhören!«, sagte Papa. »Will ich gar nicht hören. Widerlich. Gut, machen wir einen Termin für Mephisto.«

Ich riss erst mal die Augen auf. Spinnen die? Natürlich markieren wir Kater, das müssen wir auch, damit alle Fremdkatzen wissen, dass sie hier nichts zu suchen haben! Dass sie es hier mit einem ausgewachsenen Kater zu tun haben! Beim

Herrn Schrödinger hat das bereits funktioniert, bevor ich auf die Idee kam, irgendwas zu markieren. Übrigens hatte ich, als das Wort Kastration fiel, auch noch nix markiert. Deswegen weiß ich echt nicht, wie die darauf kamen, mich zuerst kastrieren zu lassen. Und überhaupt, was ist das? Hab ich dann etwa keine Eier mehr? Der Schrödinger ist schon kastriert, schon lange, wenn ich das richtig verstanden habe. Und ganz offensichtlich hat man danach keine Eier mehr, sonst würde der sich doch von mir nicht ständig vertreiben lassen, oder? Echt jetzt, der macht das immer noch mit dem Rückwärtslaufen, sobald er mich sieht und ich ihn ein bisschen anfauche!

Nee, nicht mit mir! Die Luci muss kastriert werden, Mädchen müssen verhüten, Jungs nicht! Jungs brauchen Eier, damit sie Haus und Hof vor Fremdkatzen verteidigen können!

Und trotzdem … eines Morgens packte mich Mama und setzte mich in diese Transportkiste, in die ich immer rein musste, wenn sie uns zum Tierarzt gebracht haben. Mir schwante Fürchterliches, zumal sie mich am Abend davor nicht gefüttert und all unsere Näpfchen weggeräumt hatte! Nicht mal Wasser haben wir bekommen, wir dachten schon, die wollen uns sterben lassen!

Sie stellte mich in meiner Transportkiste ins Auto. Und dann fuhr sie los. Und dann hielt sie erst wieder an, als wir bei der Tierärztin auf dem Parkplatz standen. Ich habe etwas gefaucht, als wir in die Praxis reingegangen sind, aber das war das Einzige, was ich überhaupt tun konnte. Wenn man als Kater in so einer Kiste eingesperrt ist, bleibt nicht mehr viel, was man tun kann.

»Den können Sie heute Mittag gegen zwölf wieder abholen«, sagte die Tierarzthelferin.

Und dann ging alles plötzlich sehr schnell. Ich wurde aus der Kiste geholt. Ich bekam schon wieder so eine vermaledeite Spritze, vielleicht war es auch was anderes. Aber es pikste, ich fauchte und dann … dann bin ich eingeschlafen.

=^.^=

Als ich wach wurde, war mir total schummerig zumute. Ich hätte glatt wieder einpennen können, so müde war ich! Und es roch so übel, so nach ungereinigtem Katzenklo! Ich lag wieder in meiner Transportkiste, unter mir so eine raschelige Unterlage aus Papier – und die war es, die so schrecklich stank. Hatte ich etwa unter mich gemacht in dieser Zeit, als ich bewusstlos war?

Noch schlimmer: Ich spürte, die hatten an meinem Gemächt herummanipuliert. Irgendwas hatten sie gemacht, während ich ohnmächtig war! Ich schaute sofort nach! Mein Schniedel war noch dran. Aber meine Eier waren weg. Ich schlief allerdings, völlig entkräftet, sofort wieder ein.

Zu Hause angekommen, im warmen Wohnzimmer, pennte ich auch erst mal noch eine Runde. Gegen Nachmittag ging ich dann mal nach vorne, Richtung Esszimmer. Natürlich in der Hoffnung, dass die Näpfchen inzwischen wieder gefüllt sein würden. Waren sie nicht!

Und ich erinnerte mich dunkel daran, dass die Tierärztin gesagt hatte, ich sollte in den nächsten zwölf Stunden nix essen und nix trinken. Wegen der Narkose und dem Schluckreflex und lauter solchen Dingen. Wie kann man einen Kater eine ganze Nacht und einen ganzen Tag hungern und dürsten lassen? Hm? Total ausgehungert zog ich mich auf die Fensterbank im Esszimmer zurück. Da war es warm, darunter ist nämlich eine Heizung und die war an diesem Tag an, denn draußen war es nicht so schön. Ziemlich kalt sogar, obwohl es von der Jahreszeit her hätte warm sein müssen. Die Luci hüpfte dann auch gleich hoch und guckte mich groß an.

»Wo warst du denn heute?«, fragte sie mich.

»Die haben mich zur Tierärztin gebracht.«

»Aber du bist doch gar nicht krank?«

»Nee.«

»Warum haben sie dich denn dann zur Tierärztin gebracht?«

Weiber! Ich hätte es gerne gehabt, wenn sie mich ein bisschen bemitleidet hätte! Wenn sie mich sauber geleckt hätte, so wie sie es früher gemacht hat, als wir noch kleine Kinder waren! Wenn sie etwas Mitleid für mich gehabt hätte! Aber nein! Da saß sie vor mir und stellte mir tausend Fragen, obwohl ich noch total schwach war angesichts all dieser unbegreiflichen Dinge, die sie mir heute angetan haben beim Tierarzt! Ich habe das Einzige getan, was man als Kater in einer solchen Situation tun kann. Ich bin wieder eingeschlafen. Als ich Stunden später wach wurde, hörte ich, wie meine Menschen drüber lachten, dass ich sitzend, aber mit dem Kopf auf der Fensterbank, stundenlang vor mich hin gepennt hätte. Sollen sie ruhig lachen. Wenn hier Fremdkatzen rummachen und Futter wollen, nur weil die hier irgendwas mit meinen Eiern gemacht haben, dann sollen sie ja nicht zu mir kommen, um sich darüber zu beklagen! Und eines kann ich sagen: Meine Kralle in der Unterlippe von Mama, wie es vor ein paar Monaten passiert ist, das war erst der Anfang! Die sollen mich noch mal zum Tierarzt schleppen, jetzt reicht es aber! Beim nächsten Mal fließt Blut! Und zwar so richtig!

Und ich sollte mal der Gerechtigkeit halber noch erwähnen, dass die Luci auch im Folgemonat nicht zum Tierarzt gebracht wurde. Da sind nämlich noch mehr Aufträge geplatzt und es kamen jede Menge Rechnungen ins Haus und Mama hat einen großen und langfristigen Auftrag, der eigentlich sehr gut bezahlt war, gänzlich verloren. Und irgendwie war dann für Lucis Kastration keine Kohle übrig. »Ich suche mir wieder einen Job«, sagte Mama. »Jetzt hänge ich die Freiberuflichkeit an den Nagel. Da bist du ja jedermanns Depp und hast tausend Risiken. Dazu habe ich keine Lust mehr, ich werde ja auch nicht jünger.« Ich weiß nicht, was ein Job mit der Kastration zu tun hat. Mama sagte, mit einem Job verdient man Mäuse. Die Mäuse, die wir ihnen hinlegen, sind scheinbar nicht gut genug. Selbst schuld!

Ich habe nur noch ein einziges Mal gehört wie sie sagten: »Naja, Hauptsache der Kater ist kastriert. Sonst läuft ja hier kein unkastrierter Kater rum.« Haben sie gedacht. War auch damals so. Ich betone: Damals. Denn natürlich blieb uns der Babykram auf Dauer nicht erspart, aber das kam dann alles ganz viel später … Jedenfalls guckte Mama mich an und meinte: »So mein Junge. Poppen kannste noch, aber es kommt halt nur noch heiße Luft!«

Es gibt immer mal wieder Momente in meinem Leben, in denen mir der Gedanke an diese Situation, als sie meine Kralle in ihrer Unterlippe stecken hatte, ein Genuss ist!

=^.^=

Der Herr Schrödinger ist weg

Menschen sind komisch, aber das sagte ich ja bereits. Ich weiß inzwischen, warum die uns von diesem Bauernhof geholt haben, denn wie gesagt: Wir verstehen euch Menschen. Wir zeigen es nur nicht. Und ganz sicher werden wir niemals gehorchen. Aber es ist immer interessant, euren Unterhaltungen zu lauschen, denn auf diesem Weg erfährt man eine Menge über eure Spezies.

Von daher weiß ich, dass der Herr Schrödinger nicht immer ein Einzelkater war. Im Gegenteil, der ist damals, vor ein paar Jahren, zusammen mit zwei seiner Schwestern bei Mama und Papa eingezogen. Eher bei Mama, weil die damals noch ganz woanders gewohnt hat. Das war halt irgendwie so, dass von dem ganzen Katzenwurf, aus dem sie den Herrn Schrödinger dann geholt hat, nur diese drei übrig waren. Mama wollte keine Einzelkatze. Sie war der Meinung, dass Katzen Artgenossen brauchen. Sie wollte dann aber auch nicht nur zwei Kätzchen mitnehmen, weil dann eines übrig geblieben wäre. Und das wäre dann wohl in Einzelhaft geraten. Jedenfalls hat sie alle drei mitgenommen. Und das ging auch über lange Zeit gut, denn damals wohnte sie auf so einem Bauernhof. Da gab es jede Menge Platz für die Katzen. Mama hat erzählt, nach hinten raus hätten die Katzen unendlich viel Feld und Wald und Wiese zum Toben gehabt. Also wurden wie gesagt, alle drei mitgenommen. Irgendwann kastriert. Und alles war schön. Bis zu dem Tag, an dem die erste von den beiden Schwestern vom Herrn Schrödinger der Meinung war, sie müsste mal ein bisschen weiter weg gehen von zu Hause. Und natürlich nicht nach hinten raus, sondern nach vorne. Und da gab es dann auch irgendwo eine Straße. Dort wurde sie überfahren. Ein paar Wochen später wurde dann die zweite Schwester auch noch überfahren. Mama hatte die Schnauze voll und suchte sich ein anderes Haus. Also das hier, in dem wir jetzt alle wohnen.

=^.^=

Vorher ist allerdings noch das mit Herrn Schrödingers Bein passiert. Mama hat erzählt, sie hat ihre ganze Kohle in die Operation von dem Kater investiert und ist mit null Euro in der Tasche in das neue Haus eingezogen. Na, wie auch immer, für Katzenfutter scheint es gereicht zu haben, denn dem Herrn Schrödinger ging es blendend. Hat Mama gesagt. Von seiner Operation hat er sich ja schnell wieder erholt und konnte prima laufen. Bis auf das steife Bein halt.

Jedenfalls hat sie dann bald wieder richtig Geld verdient und alles war gut. Deswegen war sie dann irgendwann der Meinung, dem Herrn Schrödinger wieder ein bisschen Gesellschaft ins Haus holen zu müssen. Papa arbeitet zwar immer daheim, der Schrödi war also gar nicht alleine – aber was soll's. Wenn sie nicht so gedacht hätte damals, dann wären wir beide, also meine Schwester und ich, jetzt immer noch auf diesem arschkalten Bauernhof in der tiefsten Eifel.

Dass ich den Schrödinger allerdings nicht besonders gut leiden konnte, habe ich ja bereits ausreichend geschildert. Mama hat mich oft angeguckt und mich als Satansbraten beschimpft. Richtig geflucht hat sie, weil ich den Schrödinger immer rausgefaucht habe.

»Das ist so ein lieber Kater und was machst du mit dem? Du bist ein Biest!«, sagte sie.

Auf jeden Fall war er ein fauler Kater, denn der lag ständig irgendwo rum, wo er mich störte. Auf der Couch im Wohnzimmer. Oben im Schlafzimmer, in Mamas Bett. Oder einfach auf einem Teppich irgendwo im Haus. Wenn ich ehrlich bin, er störte mich überall, egal wo, auch auf dem Hof. Also habe ich ihn regelmäßig weg gefaucht.

Es muss kurz vor meiner Kastration gewesen sein, da kam er gar nicht mehr nach Hause. Mama sah ihn regelmäßig, weil sie ja auch ständig mit dem Hund Gassi gehen musste. Die liefen dann immer den Berg hoch, in den Wald. Und auf dem Weg dahin tauchte dann regelmäßig immer der Herr Schrödinger auf. Er strich denen um die Beine, ließ sich streicheln und lief dann mit denen spazieren. Wie ein kleiner Hund lief er neben Chico her und freute sich, dass er seine Familie mal wieder sah. Jeden Tag aufs Neue. Mama versuchte immer, ihn mit nach Hause zu locken, aber er kam nie mit. Kurz vor unserem Haus verschwand er immer ganz schnell wieder. Ein deutliches Zeichen, er wollte einfach nicht mehr nach Hause. Ich fand das gut, Mama und Papa nicht. Aber das war mir egal. Man muss gucken wo man bleibt und des einen Leid ist des anderen Freud. Auf eine Vermisstenmeldung verzichteten meine Menschen, denn er wurde ja nicht vermisst. Er zeigte sich ja regelmäßig. Und eines Tages meinte Mama: »Ich glaube, der wohnt hier irgendwo bei irgendwelchen Nachbarn.«

Das war wohl die Wahrheit, denn eines Tages erschien eine ältere Dame bei uns. Sie war recht freundlich, aber Mama schnaufte trotzdem vor Zorn. Ich habe das nicht so genau verstanden, denn wenn Mama sich aufregt, spricht sie immer ziemlich laut und sehr schnell, aber es war wohl so gewesen: Die ältere Dame hatte den Schrödinger wohl nun monatelang gefüttert und nicht nur das: Sie hatte ihn auch immer ins Haus geholt. Da hatte sie ihn verwöhnt nach Strich und Faden. Er war der kleine Kronprinz bei ihr und hatte das ganze Sofa für sich alleine. Und wenn die Frau sich mittags mal hinlegte, sie war wohl schon Rentnerin, dann legte er sich zu ihr und hatte auch sie ganz für sich alleine. Klar fühlte er sich da wohler! Feinstes Futter, kein Mephisto im Haus, der ihn rausfaucht und ein Frauchen für sich ganz alleine, super! Das ist doch der Jackpot für jeden Kater, der was auf sich hält, also warum die Aufregung?

»Er hat einen Bandwurm!«, schimpfte Mama. »Sagt die Frau Altmeyer! Er würde seit einer Woche immer dünner und dünner werden und das wäre ein deutliches Zeichen für einen Bandwurm! Und jetzt soll ICH mit ihm zum Tierarzt, obwohl sie mir den Kater schon die ganze Zeit entfremdet, indem sie den füttert und zu sich holt!«

»Klar«, sagte Papa. »Jetzt ist er krank, jetzt bist du dran, ist ja dein Kater.«

»Das ist doch der Hammer, oder?«, fluchte Mama. »Jetzt kostet das Geld und jetzt ist der Herr Schrödinger nicht mehr ihr kleiner Kronprinz, sondern plötzlich wieder mein Kater, um den ich mich kümmern muss! Ist ja wohl klar, dass ich das mache, aber ich habe jetzt die Kosten am Hals und sobald der Bandwurm weg ist, schnappt sie ihn sich wieder!«

»Dann musst du ihr verbieten, ihn zu füttern und zu sich reinzulassen«, sagte Papa.

»Na, was glaubst du was ich gemacht habe?«, schnaufte Mama wütend. »Ich habe ihr schon so oft gesagt, dass ich es nicht will, dass sie ihn füttert und reinlässt und da so maßlos verwöhnt und weißt du, was die zu mir gesagt hat?«

»Nee.«

»Er täte ihr so leid, hat sie gesagt!«

»Ach ja?«

»Ja, weil er das verletzte Bein hat und weil er so einsam ist.«

»Seit wann ist er einsam und ich denke, das Bein ist operiert worden?«

»Ja, das habe ich ihr auch erklärt, dass er ihr wegen dem Bein nicht leid tun muss. Und einsam ist er nur, weil er sich nicht gegen diesen Satansbraten von Mephisto durchsetzt! Und das macht er nicht, weil er lieber den bequemen Weg wählt, denn bei ihr gibt es bestes Futter und die Position als alleiniger Kronprinz!«

Ich verstand die Aufregung, auch wenn ich nicht wusste, was ein Bandwurm ist. Jedenfalls irgendwas Ekelhaftes und wegen so was muss man zum Tierarzt. Ich verstand nur nicht, warum sie sich so über diese Nachbarin aufregte. Ich persönlich finde es sehr nett von ihr, dass sie dem Herrn Schrödinger ein Zuhause gegeben hat. Und ich habe mir das auch gemerkt, denn vielleicht wird es hier irgendwann mal richtig doof, dann weiß man wenigstens, wohin man gehen kann.

=^.^=

Nun gut, Mama hat also Tabletten bekommen für den Herrn Schrödinger und weil er mit dem Bandwurm nicht mehr zu Frau Altmeyer durfte, hat sie sogar den Herrn Schrödinger wieder bekommen. Nur für kurze Zeit natürlich.

Der Herr Schrödinger wurde überredet, diese Tablette zu nehmen. Mit Leberwurst zusammen. Das Biest war aber schlauer, als ich ihm zugetraut hätte. Der hat den Braten sofort gerochen und die Tablette wieder ausgespuckt. Immer wieder. Und ich bekam natürlich nichts ab von der tollen Leberwurst. Mama musste fast eine halbe Leberwurst an ihn verfüttern, bis er die ganze Tablette drin hatte.

Und dann kam das richtig Ekelhafte! Der durfte dann nämlich nicht mehr raus, weil, so habe ich es mitbekommen, einige Zeit nach der Einnahme der Tablette der Bandwurm rauskommt. Oben oder unten. Das heißt, entweder kackt er ihn raus oder er muss kotzen. Auf jeden Fall muss untersucht werden, ob der Wurm vollständig ist, also ob der Kopf und der Schwanz dabei sind. Wo auch immer das Viech rauskommt. Alleine bei dem Gedanken wurde mir schlecht. Also legte ich mich auf das Sofa und beobachtete das ganze Theater mit ausreichendem Abstand. Sehen muss man schon, was da passiert, das ist alles wichtiges Katerwissen.

Es dauerte nicht lange, Mama sagte später, schon eine Stunde nach der Einnahme der Tablette wäre der Bandwurm rausgekommen. Der Herr Schrödinger hat mächtig gekotzt deswegen. Mama hat schnell so Küchenpapier drunter gelegt.

Und dann verzog sie das Gesicht, sagte laut: »Ihhhhhh….« Und untersuchte das Bandwurmding.

Papa war kreidebleich und sagte: »Ich kotze auch gleich, tu das weg!«

»Geht nicht«, sagte Mama. »Ich muss erst sehen, ob da alles dran ist. Mensch, ist das ekelhaft!«

Nachdem sie lange genug drauf geguckt hatte, brachte sie das Stück Küchenrolle mit dem Bandwurm nach draußen. Ich hörte die Klospülung. Und dann kam sie zurück mit jeder

Menge Putzmittel und Desinfektionszeug. Es wurde richtig fies ungemütlich, denn nun ging eine Putzaktion los. Aber gut. Der Herr Schrödinger nutzte die Gunst der Stunde und verzog sich wieder. Weg war er. »Ich geh zur Frau Altmeyer«, fauchte er im Rausflitzen. »Da habe ich meine Ruhe vor dir und deiner blöden Schwester!«

Ich habe nur mit den Schultern gezuckt und so getan, als interessiert mich das Ganze nicht. Aber es ist durchaus so, dass ich mir den Namen der Dame gemerkt habe.

Wir hatten noch eine zweite Begegnung mit ihr.

Ein gutes Jahr später stand die nämlich plötzlich mal wieder an unserem Hoftor. Sie rief nach unserer Mama und die guckte aus dem Fenster. »Ja?«, rief sie nach unten. »Muss der Herr Schrödinger zum Tierarzt?« Für meinen Geschmack klang das ja ein bisschen provokant von Mama. Sogar ziemlich. Ich fand, diesen fiesen Ton hatte diese nette, alte Dame nicht verdient.

»Ja«, sagte die Frau Altmeyer. Sie zuckte ein bisschen zusammen, das habe ich ganz genau gesehen.

»Was hat er denn jetzt für einen Wurm?«, fragte Mama. »Oder ist er verletzt? Erstaunlich, dass Sie sich einfach nicht dran halten, dass Sie den Kater nicht füttern und reinholen sollen! Er ist wohl nur mein Kater, wenn er zum Tierarzt muss, weil das Geld kostet, oder?«

Die alte Dame kam ein bisschen ins Stottern.

»Also eigentlich wollte ich fragen … also der ist doch schon so lange bei mir und da müssen doch bestimmt langsam mal wieder irgendwelche Impfungen aufgefrischt werden, oder?«

»Aber sicher müssen die aufgefrischt werden«, sagte Mama. Sie war echt sauer. »Schön, dass dafür jetzt wieder ich zuständig bin.«

»Also« stammelte die alte Dame. »Ich habe das ja mit meinem Mann besprochen und der meint, ich sollte Sie nach dem Impfpass fragen. Weil er ja eigentlich inzwischen längst bei uns wohnt.«

»Wissen Sie«, sagte Mama. »Das müsste er ja nicht. Er ist nur bei Ihnen, weil Sie ihn angefüttert und verwöhnt haben! Kein Wunder setzt der sich hier nicht mit den zwei anderen Katzen auseinander!«

»Kann ich den Impfpass haben?«

Mama murmelte was von »bringe ihn morgen rüber« und machte dann das Fenster zu. Am nächsten Nachmittag ging sie rüber und ich weiß das alles deswegen so genau, weil sie das dann abends dem Papa erzählt hat. Ich saß dabei. Also ich saß auf dem Tisch. Das darf ich eigentlich nicht, aber ich mache es trotzdem. Sie haben längst aufgegeben, mich da vertreiben zu wollen, außer wenn sie gerade essen. Dann jagen sie mich da immer runter.

Jedenfalls muss das so gewesen sein, dass Mama mit dem Impfpass in der Hand und immer noch ziemlich sauer zu dieser Nachbarin gegangen ist. Und dort hat sie gesehen, was für ein schönes Leben der Herr Schrödinger da führt. Und dann muss die alte Frau ihr erzählt haben, dass der Herr Schrödinger ihr ein und alles ist. Warum auch immer, ich finde ihn doof – aber gut für mich, wenn die alte Dame ihn liebt.

Mama hat der alten Dame schließlich diesen Impfpass in die Hand gedrückt, ihr gesagt, dass sie den Herrn Schrödinger sehr, sehr lieb hat – aber dass er sich offenbar inzwischen ein neues Zuhause gesucht hat. Dass sie dagegen wohl machtlos ist. Die alte Dame hat wohl gelächelt und gesagt: »Ja, ich liebe ihn sehr. Darf ich ihn behalten?«

Und die Mama hat genickt und später zum Papa gesagt: »Im Grunde hat sie ihn angefüttert und ich müsste stinksauer auf sie sein, denn ohne sie hätte der Schrödi sich mit den beiden Rackern hier auseinander gesetzt. Aber gut … ich habe ihr gesagt, sie darf ihn behalten. Den Impfpass hat sie ja nun auch. Und jetzt ist die alte Frau glücklich. Und ich muss gestehen, der Herr Schrödinger ist auch glücklich, das hat man richtig gesehen. Der ist da der kleine Prinz.«

=^.^=

Papa meinte auch, das sei okay. Und ich denke das ja sowieso. Der Name Altmeyer ist trotzdem notiert. Ich bin auch mal kurz da gewesen, aber nur auf dem Hof. Der Herr Schrödinger fauchte und die Frau Altmeyer hat mich rausgescheucht. Schade. Das kann also bestenfalls eine Wohnalternative für mich sein, wenn der Herr Schrödinger mal irgendwann nicht mehr ist. Aber leider ist der noch gar nicht so alt.

Wenn ich das richtig verstanden habe, geht der Herr Schrödinger aber nach wie vor regelmäßig mit Mama und Papa spazieren, wenn die mit dem Hund in den Wald gehen. Also, über was beklagen die sich? Er ist ja nicht aus der Welt!

=^.^=

Die Menschen und ihre Smartphones

Ihr kennt die Dinger bestimmt auch, diese Smartphones. Die Menschen haben die in der Hand, wo sie gehen und stehen. Ich komme ja nicht wirklich raus aus unserem Dorf. Aber ich sehe ja, wie meine Menschen dieses blöde Ding anbeten. Und die Leute, die zu uns zu Besuch kommen. Anja und Heiner zum Beispiel, das sind Freunde von Mama und Papa. Oder Nancy, die wohnt gegenüber. Wir erinnern uns? Das ist die Frau, die nicht nur ihre eigenen acht Katzen füttert, sondern gelegentlich auch Fremdkatzen.

Ich hatte mir Nancy ja schon gemerkt, als ich noch ein Baby war und nicht raus durfte. Zufällig liegt ihr Haus ja direkt gegenüber von unserem Wohnzimmerfenster und das ist ja mein Lieblingsplatz. Außer mir darf da niemand sitzen. Von diesem Fenster aus kann ich die ganze Straße überblicken. Und Nancys Hof. Besonders praktisch finde ich, dass Nancy inzwischen die beste Freundin von Mama ist. Sie kommt oft rüber, dann essen die zusammen und quatschen.

Ich hatte übrigens inzwischen schon so einige Mahlzeiten bei Nancy. Wenn sie mich streichelt, sagt sie immer, sie ist meine Tante Nancy. Mir ist das im Grunde wurscht. Wenn sie sich familiär mit mir verbunden fühlt, ist das für mich in Ordnung. Wenn ich nämlich draußen bin und sie füttert ihre Bande, dann setze ich mich auch mit auf den Hof und da habe ich schon das eine oder andere Leckerchen geschnappt. Man muss schließlich sehen, wo man bleibt! Die Katzen von meiner Tante Nancy lasse ich zwar nicht auf meinen Hof, aber die sagen nicht viel, wenn ich zu denen rübergehe. Es sind alles Mädels und ich glaube, die finden mich ziemlich scharf. Und Respekt haben sie auch.

Nancy hat jedenfalls auch so ein Smartphone und das hat sie immer dabei, wenn sie kommt. Sie sagt, sie macht das deswegen, weil ihre Kinder ja oft abends unterwegs sind. Da könnte was sein, meint sie. Meine Güte, die stellt sich an! Ihr

Sohn ist schon uralt, mindestens 19 oder so und ihre Tochter ist glaube ich auch schon fast 18 Jahre alt. Also richtig alt! Aber Tante Nancy hat immer Angst, es könnte was sein, die müssen irgendwo abgeholt werden oder so, und deswegen hat sie immer dieses Smartphone dabei.

Dann sitzt sie hier, die unterhalten sich und das Ding piept dauernd. Es sind aber nie ihre Kinder! Es sind immer irgendwelche Leute, die was von ihr wollen. Ich finde ja, die nerven einfach nur rum. Nancy sagt, ohne Whatsapp wäre sie verloren, bei den ganzen Nachrichten, weil das sonst ein Vermögen kosten würde. Also ich weiß nicht, was Whatsapp ist, aber wenn es das ist, was dann ständig piept, dann ist das nervig.

Ich meine, das muss man sich mal vorstellen, da sitzen die zusammen in einem Raum und unterhalten sich. Dann piept das Ding und die müssen das Gespräch unterbrechen. Das alleine wäre ja nicht schlimm, aber ich finde es furchtbar, wenn ich auf Tante Nancys Schoß sitze, sie mich gerade streichelt und dann auch das unterbricht, nur weil das Dingens piept.

Meine Mama hat auch so ein Smartphone und Papa auch. Die piepen aber nicht so oft. Das liegt wahrscheinlich daran, dass Mama das Ding immer irgendwo vergisst. Nachmittags sitzt sie oft oben in ihrem Büro und das Smartphone liegt im Wohnzimmer. Dann rufen da Leute an, aber sie hört das ja nicht. Also rufen die irgendwann auch nicht mehr auf dem Smartphone an.

Was daran lustig ist: Da sind Katzen drin. Papa sagt, das ist eine App. Ich weiß nicht, was eine App ist, aber er hat mir die Katzen im Smartphone gezeigt. Wie die da reingekommen sind? Keine Ahnung!

Mal grundsätzlich betrachtet, finde ich allerdings, dass diese Smartphones den Weltfrieden stören, die Kommunikation stören sie auf jeden Fall. Man sitzt zusammen in einem Raum. Möchte sich unterhalten und wird gerade sehr angenehm gestreichelt. Und das Ding piept. Und selbst wenn das Ding nicht piept, es scheint für Menschen immer einen Grund zu geben, das Smartphone in die Hand zu nehmen. Dann haben die das ewig in der Hand, streichen ständig mit dem Finger auf der Oberfläche rum und reden nicht miteinander. Ist das nicht komisch?

Manchmal glaube ich, die reden schon, aber die machen das über diese Smartphones. Vielleicht schicken die sich da diese Nachrichten, über die Tante Nancy schon gesprochen hat? Jedenfalls … zurück zur Katzen-App. Papa legte sein Smartphone, er sagte, das ist so ein Ei-Ding, auf den Wohnzimmertisch und schaltete diese App ein. Dann waren Katzengeräusche zu hören. Hungrige Katzen. Wütende Katzen. Sexgierige Katzen. Das ist ja sowieso nichts mehr für mich, denn ich schieße ja nur noch mit heißer Luft. Wilde Katzen. Schmuselige Katzen. Kämpfende Katzen.

Ich bin drauf gehüpft und wollte das näher untersuchen. Papa hat das Ei-Ding dann weg geräumt und ob er die App nun gelöscht hat, weiß ich nicht so genau. Aber er passt jetzt immer gut auf, dass das Ei-Ding nicht irgendwo rumliegt, wo ich damit spielen könnte. So sind sie, die Menschen. Die fixen dich erst an mit irgendwelchen Sachen und dann, wenn du das näher untersuchen willst, tun sie es weg und du kommst nicht mehr dran.

Nur den Fernseher haben sie stehen lassen, obwohl sie sich da auch schon ganz schön über mich aufgeregt haben. Ich habe diese Menschen im Fernseher gesehen und zwischendurch auch mal Tiere. Mama und Papa gucken gerne Tierdokumentationen, was immer das sein mag. Jedenfalls sah ich Elefanten und Löwen und Tiger im Fernsehen. Seit ich hier wohne, grübele ich über dem Geheimnis um den Fernseher. Menschen, Tiger, Elefanten, Löwen … und wie die da reinkommen. Irgendwo muss es doch einen Eingang geben?

Kann ich was dafür, wenn bei meinen Untersuchungen immer die ganzen DVDs runterflatschen, die neben dem Fernseher liegen? Monate später stellen die sich immer noch so an deswegen!

=^.^=

Chico stirbt

Die Zeit verging so schnell. Irgendwann war das Jahr 2012 vorbei und dann kam Silvester. Plötzlich war es 2013. Ich weiß das deswegen, weil die Menschen immer ein riesiges Gedöns machen, wenn ein neues Jahr anfängt. Die sitzen dann zusammen mit Freunden und essen und reden den ganzen Abend. Dann machen die so was, was sie »Blei gießen« nennen und erzählen sich, was im nächsten Jahr alles passieren wird. Und daran kann ich mich echt gut erinnern, weil Mama irgendwie meinte, das, was sie da aus dem Wasser gefischt hatte, sähe aus wie ein Dolch. Sie meinte, wahrscheinlich müsste sie sich ganz schön durchkämpfen im nächsten Jahr, aber das wäre ja nichts Neues. Tante Nancy meinte, nächstes Jahr würde sie bestimmt endlich reich werden und Mama meinte: »Na, das wäre ja schön. Ein paar Sorgen weniger wären schon mal gut.«

Keine Ahnung, was Sorgen sind, aber die diskutieren immer wild rum, wenn dieses Wort fällt und überlegen sich, wie sie genug Mäuse verdienen, um alles bezahlen zu können, was bezahlt werden muss. Und ich verstehe nicht, warum man darüber so viel reden muss, statt zu handeln. Dieses ganze Dorf hier ist voller Mäuse. Hier gibt es so viele Mäuse, dass man nicht mal sein Grundstück verlassen muss. Man müsste nur auf den Hof gehen oder in den Garten, da gibt es echt genug. Im Keller piepst es manchmal und im Anbau habe ich auch schon einige Mäuse erwischt. Aber nein … Papa hängt jeden Tag oben in seinem Büro und versucht Mäuse zu machen. Und Mama fährt morgens weg und kommt abends wieder. Und manchmal kommt sie erst nach ein paar Tagen wieder. Und das alles für total wenig Mäuse, sagt sie immer. Warum macht sie das dann? Menschen sind wirklich kompliziert!

Nun, dieses Silvester war vorbei und es wurde Frühling. Es rannten wieder genug Mäuse rum, aber die schienen Mama jetzt überhaupt nicht mehr zu interessieren. Der Chico würde ihr Sorgen machen, sagte sie hin und wieder.

»Naja«, meinte Papa. »Jetzt ist er siebzehn Jahre alt. Ist wohl normal, dass er jetzt nachlässt.«

»Nachgelassen hat er ja schon lange«, sagte Mama. »Aber bisher war es eben seine Demenz und er war körperlich noch fit. Im Moment habe ich das Gefühl, er kann an manchen Tagen nur schwer laufen. Schmerzen scheint er nicht zu haben, das würde man merken. Aber er schläft ja fast nur noch.«

Ja, das stimmte, aber ich fand das nicht schlimm. Er schlief tatsächlich nur noch und wenn er nicht schlief, saß er immer öfter vor der Wand um die anzugucken. Manchmal saß er auch im Flur und guckte einfach nur vor sich hin, stundenlang. Dann legte er sich wieder in sein Körbchen und verpennte wieder ein paar Stunden. Mitten in der Nacht jaulte er manchmal in der letzten Zeit. Dann ging Mama runter um nach ihm zu gucken. Und offenbar hatte er dann Hunger oder wollte raus.

»Das ist wie bei Menschen«, sagte Mama zu Papa. »Ein völlig verdrehter Rhythmus. Ich muss mich wohl in der nächsten Zeit drauf einstellen, ihn gehen lassen zu müssen.«

Ich erfuhr in diesem Gespräch, das sie da führten, und während dessen ich natürlich auf Papas Schoß vor mich hinschnurrte, dass Chico wohl Mamas Hund war, den sie dahin mitgebracht hatte. Den hatte sie wohl irgendwann mal aus schlechten Verhältnissen gerettet und ursprünglich kam Chico aus der Türkei. Und ist misshandelt worden, weswegen wohl die ersten Jahre mit ihm nicht einfach gewesen sind. Sie sagte, als er noch nicht dieses Demenzzeug hatte, konnte er Kinder nicht leiden. Nach Kindern hat er immer geschnappt, erzählte sie. Weil er von Kindern misshandelt wurde, als er selbst noch ein Kind war. Er muss wohl auch mal ihren jüngsten Sohn gebissen haben, das hat sie Papa erzählt, denn zu dieser Zeit kannten die sich ja noch gar nicht. »Eigentlich wollte ich ihn damals vermitteln, denn ich hatte ja schon einen Hund«, sagte sie. »Aber so wie der auf Kinder reagiert hat – also da konnte man ja davon ausgehen, dass eine Vermittlung nicht dauerhaft funktioniert. Deswegen habe ich ihn damals behalten.«

»Und war der nicht gefährlich für deine Kinder?«, fragte Papa.

»Nö«, sagte sie. »Meine Kinder haben gelernt, wie sie mit ihm umgehen mussten und auf sie hat er ja nicht mehr aggressiv reagiert, weil er schon spürte, dass sie ihm nichts tun. Nur mit fremden Kindern war das kritisch und ich denke, wenn ich ihn vermittelt hätte, dann wäre er mir irgendwann zurück gebracht worden.«

Nun gut, nun war er alt. Er war tatsächlich 17 geworden, der alte Knacker. Mama rief dann ihren Sohn an und erzählte dem auch, dass der Chico nachlassen würde. Und dass man sich wohl bald von ihm verabschieden müsste. Der Sohn war wohl auch traurig, sagte sie dann später. Klar, der ist ja mit ihm groß geworden. Chico saß überhaupt nicht mehr bei uns, so wie früher. Er blieb fast nur noch in seinem Körbchen und Gassi gehen wollte er auch nicht mehr. Manchmal schlenderte er noch hoch in den Garten, aber da brauchte er eine Ewigkeit, bis er oben war. Und dann saß er da im Gras, guckte in der Luft herum, schnupperte, manchmal pinkelte er auch – und dann kam er irgendwann wieder runter ins Haus und pennte weiter.

Und Mama machte eines Tages einen Termin beim Tierarzt. »Er nimmt nicht mehr am Familienleben teil«, erklärte sie Papa. »Wenn sie sich so verhalten, dann wollen sie nicht mehr. Auf jeden Fall sollte der Tierarzt mal sagen, was er davon hält und ich will sichergehen, dass er keine Schmerzen hat.«

»Hm«, sagte Papa nur. Sie bekam dann wohl einen Termin für den nächsten Tag. Und als hätte Chico gewusst, dass dieser Tag irgendwie anders war als andere Tage, begrüßte er Mama morgens total freudig, als sie die Treppe runter kam. Er sprang sogar an ihr hoch, das hatte er schon seit Monaten nicht mehr gemacht! »Das ist wohl heute der falsche Tag für diese Scheiße«, sagte Mama. Sie heulte ein bisschen und murmelte dann was von »Waldspaziergang«. Dafür sei es wohl ein guter Tag, meinte sie. Und sie meinte, der Chico hätte wohl all seine Reserven noch mal mobilisiert, weil er noch mal in den Wald wollte.

Aber eine Woche später war es dann nicht mehr aufzuhalten, jedenfalls war das irgendwie ein Scheißtag. Obwohl mir das alles ja grundsätzlich nur deswegen als Scheißtag erschien, weil sich an diesem Tag alles nur um den Hund drehte. Der lag im Körbchen, wie immer, und als Mama morgens die Treppe runterkam, versuchte er sie zu begrüßen. Das klappte aber nicht, er brach zusammen und konnte nicht mehr aufstehen. Sitzen konnte er auch nicht mehr und hinlegen konnte er sich auch nicht. Völlig steif war er. Mama flennte und hielt ihn auf den Arm. Dann hielt Papa ihn auf dem Arm. Die waren abwechselnd im Bad und schließlich stiegen sie ins Auto. Mama legte eine Decke hinten auf den Rücksitz und setzte sich mit Chico da drauf.

Und als sie zurückkamen, hatten sie die Decke mit Chico drauf auch dabei. Mama holte Chicos Körbchen, stellte es auf die Terrasse und legte ihn rein. Und dann saß sie lange davor, guckte die ganze Zeit drauf und heulte. Hab ich nicht verstanden, der sah aus als würde er schlafen. Und schließlich stand sie total zornig auf, schnappte sich einen Spaten und rannte damit in den Garten. Sie buddelte ein riesiges Loch.

Das hätte ich mal machen sollen, da hätte es Ärger gegeben! Aber als wäre das nicht genug, nahm Papa ihr dann irgendwann den Spaten aus der Hand und buddelte das Loch noch ein Stück tiefer!

Und dann legten sie Chico rein und buddelten das Loch wieder zu. Mama pflanzte einen Rosenstrauch darauf. Ich fand das alles merkwürdig.

An diesem Tag telefonierte sie dann wieder mit ihrem Sohn. Sie hat viel geheult, aber irgendwann hörte ich, wie sie sagte:

»Ach weißt du Junge, er hatte einen so schlechten Start ins Leben, wurde misshandelt, konnte aber früh genug gerettet werden … und seitdem war er bei uns. Und bei uns hatte er doch ein schönes Leben und immerhin durfte er siebzehn Jahre alt werden. Das ist ein tolles Alter für einen Hund und für diesen Hund erst recht, von dem wir dachten, er überlebt sein erstes halbes Jahr nicht …«

Also ich habe das wohl schon richtig verstanden. Chico war siebzehn Jahre alt geworden und seit er vierzehn Jahre alt war, hatte er wohl diese Demenzsache gehabt. Und nun war er tot, weil er einfach uralt war. Tja, ihr Menschen, so ist das eben.

»Man muss dann einfach loslassen können«, sagte Mama zu ihrem Sohn. »Wenn man weiß, dass das Tierchen ein so langes und schönes Leben gehabt hat, dann ist das auch zu verkraften. Das ist eben der Kreislauf des Lebens.«

Ja, der Kreislauf des Lebens. Ich schnupperte an diesem Körbchen und überlegte mir, ob ich es jetzt für mich beanspruchen sollte, denn Chico würde ja offenbar nicht mehr zurückkommen. Aber Mama sah mich dann so komisch an und das Körbchen roch auch komisch. Und so habe ich beschlossen, nicht mehr rumzuquängeln. Allerdings sprang ich ihr auf den Schoß, sah sie eindringlich an und versuchte, ihr die Vorteile zu erklären, die sich daraus ergaben, dass Chico nicht mehr da ist.

Immerhin musste sie nun nicht mehr Gassi gehen und konnte im Haus bleiben. Da war sie ja so gerne. Und sie musste kein Hundefutter mehr kaufen, das hieß im Klartext, es waren mehr Mäuse für Katzenfutter übrig. Chico hat außerdem, da muss man mal ganz ehrlich sein, in der letzten Zeit nicht besonders gut gerochen. Also gut, er hat noch nie gut gerochen. Möglicherweise riechen Hunde eben einfach nicht gut. Aber alte Hunde scheinen überhaupt und insbesondere komisch zu riechen.

Ich guckte sie also noch mal groß an und meinte: »Heul nicht rum. Du hast ja mich. Naja, und meine Schwester, die

Luci.« Aber sie hörte nicht auf zu plärren. Also rollte ich mich auf ihrem Schoß zusammen und ging davon aus, dass sie sich schon wieder beruhigen würde.

Ob ich ihn vermisse? Ja, das wollt ihr nun sicher wissen. Ach wisst ihr, wir Katzen sind da ganz pragmatisch. Im Grunde war Chico ein netter Kerl, ja. Aber er war eben alt. So ist das nun mal. Die Alten müssen gehen, damit die Jungen – also wir – mehr Platz haben. Wenn alle am Leben bleiben würden, gäbe es ja keinen Platz mehr auf dieser Welt. Und das würde den Weltfrieden mit ziemlicher Sicherheit sehr stören, aber sogar ganz deutlich!

Es könnte so schön sein!

Ein paar Wochen, nachdem unser Chico von uns gegangen war – also ich drücke das jetzt mal so taktvoll aus – hatten Mama und Papa eine Diskussion. Sie saßen im Esszimmer und tranken dieses Zeug, was sie immer trinken müssen, damit sie nicht einschlafen. Und rauchten dazu. Ich mag die Qualmerei ja nicht, aber was solls. Jedenfalls, die unterhielten sich. Machen sie dauernd. Ist auch okay, solange Papa sich so hinsetzt, dass ich auf seinen Schoß passe. Das ist nun mal mein Platz, wenn es in dieser Familie Diskussionen gibt. Und an diesem Tag gab es eine.

»Willst du dir wieder einen Hund anschaffen?«, fragte Papa. Ich hatte den Eindruck, dass er ein bisschen eingeschüchtert war, als er diese Frage stellte. Mir hat er ja mal gesagt, er fand den Chico ja ganz nett, aber eigentlich mag er Katzen lieber. Im Gegensatz zu Mama. Die sagt immer, sie ist ein Hundemensch. Aber sie mag Katzen halt auch total gerne. Also eigentlich mag sie beides und Pferde mag sie auch, aber sie will sich niemals ein Pferd kaufen. Im Grunde mag sie alle Tiere, außer Spinnen. Die hasst sie und meist schreit sie ziemlich laut, wenn sie eine sieht. Anfangs hat sie, glaube ich, auch erwartet, dass ich die jage und umbringe, aber das habe ich nicht gemacht. Die schmecken nicht. Und nur um mit ihnen zu spielen, sie umbringen? Diese Mühe lohnt sich doch gar nicht. Aber gut, zurück zu dieser Diskussion.

»Nein«, sagte sie. »Ich glaube nicht.«

»Musst erst noch drüber wegkommen, was?«, meinte Papa. Mama zuckte mit den Schultern. »Ach, was heißt, drüber wegkommen … Chico ist siebzehn Jahre geworden und man wusste ja schon, dass es irgendwann so weit sein wird. Das hätte doch keiner gedacht, dass der kleine Kerl so lange durchhält, sogar so fit ist und dann von einem Tag auf den anderen zusammenbricht. Mit der Demenz hatte er ja sogar vergessen, dass er Kinder nicht leiden kann, also hatte die sogar Vorteile. Demenz ist sowieso nur für die anderen schlimm, für den Dementen selbst nicht.«

Ja, meine Mama hat lange Jahre in einem Pflegeheim gearbeitet, hat sie mal erzählt. Die kannte sich mit Demenz aus, deswegen fand sie das gar nicht so tragisch. »Nein«, sagte sie. »Das ist schon okay, es ist traurig, aber es war ja absehbar und man konnte sich drauf einstellen.«

»Ja willst du denn jetzt wieder einen Hund oder nicht?«, fragte Papa. Ich konnte mich des Gefühls nicht erwehren, dass er eigentlich gar keine große Lust auf einen nächsten Hund hatte. Wahrscheinlich wartete er auf eine verbindliche Ansage. Auf ein deutliches »nein«.

»Mal sehen«, sagte sie wieder. »Vielleicht irgendwann mal wieder, ich kann das im Moment nicht sagen. Wenn mir irgendwann und irgendwo mein Traumhund begegnet, dann vielleicht. Ich denke, es ist vielleicht ganz gut, mal eine Hundepause zu machen.«

Das ist alles, aber kein »nein«!

»Hm«, sagte Papa nur. Ich hatte den Eindruck, er glaubte ihr nicht so richtig. Inzwischen bin ich älter und habe unendlich viel Wissen über unsere Menschen gesammelt. Jetzt weiß ich, warum er damals nur »hm« machte. Der wusste ganz genau, dass das hier dauerhaft nicht hundefrei bleiben würde. Aber gut, das kam alles viel später.

Schließlich fragte Papa: »Was wäre denn dein Traumhund?«

Mamas Augen leuchteten so merkwürdig, aber diesen Blick habe ich später noch öfter gesehen. Nämlich immer dann, wenn sie von Elvis sprach. Und ganz viel später … naja, das kommt dann eben ganz viel später. Auch das mit Elvis kommt später. Belassen wir es für den Moment mal dabei, dass mir dieses merkwürdige Augenleuchten auffiel. Es war mir unangenehm. Irgendwie hatte ich kein gutes Gefühl dabei. Das hätte ich vielleicht gehabt, wenn sie dabei mich angesehen hätte, aber so? Es konnte nichts Gutes bedeuten, das sagte mir mein Instinkt und auf den konnte ich mich schon immer verlassen!

=^.^=

»Groß müsste er sein. Richtig groß. Riesig am besten. So wie der Elvis, von dem ich dir schon erzählt habe.«

»Der von deinem Bekannten Uwe.«

»Tja, genau der. Leider haben wir uns aus den Augen verloren, aber der Elvis, das war schon mein Traumhund. Wer weiß, ob der noch lebt. So große Hunde werden in der Regel nicht so alt und der könnte jetzt auch gut zwölf Jahre alt sein. Habe ihn jahrelang nicht mehr gesehen. Aber ist auch klar, der Uwe lebt in Hessen und ich inzwischen in NRW … den sehe ich wahrscheinlich nie wieder.«

Im gleichen Moment lief Luci an uns vorbei und Mama guckte ihr hinterher. »Sag mal …,« meinte sie nachdenklich. »Ist die dicker geworden?«

Papa wurde kreidebleich. »Mir fällt gerade ein, dass da noch eine Kastration ausstand.«

»Sie ist dicker geworden, oder?« Mama atmete tief ein, dann guckte sie mich an. »Guck mich nicht an!«, meinte ich. »Du hast ja dafür gesorgt, dass ich so was nicht mehr kann!« Aber wie immer verstand sie mich nicht.

»Scheiße«, sagte Papa.

»Naja«, sagte Mama. »Dann haben wir wohl demnächst Nachwuchs. Himmel nochmal, dann muss sie aber wirklich zur Kastration.«

Ich dachte, ich werde verrückt. Endlich war dieses Haus so, wie man sich das als Kater wünscht: Frei von Hunden jeglicher Art. Mama und Papa am Tisch, ich auf Papas Schoß. Draußen war herrliches Wetter und auch drinnen war es schön angenehm. Alles hätte so schön sein können. Und dann ist die Luci dicker als sonst! Mir schwante Schreckliches!

=^.^=

Der Elvis

Es dauerte nicht mehr lange, bis feststand, dass Luci schwanger war. Sie würde also Babys bekommen. Und ich … ich verbrachte meine Tage nur wenig anders als sonst. Ich schrie nach Essen, warf Sachen von Tischen und Schränken, kuschelte mich in Papas Schoß und beanspruchte das Bett meiner Mama für mich. Die schlief übrigens immer öfter im Wohnzimmer auf dem Sofa. Schlafstörungen hätte sie, erzählte sie. Und da schliefe es sich besser mit laufendem Fernseher, der sei lauter als die tausend Gedanken, die in ihrem Kopf Achterbahn fahren, wenn sie eigentlich schlafen will. Ja, wie gesagt, nur wenig anders als sonst, allerdings war ich innerlich längst nicht so ruhig wie ich äußerlich vorgab. Nicht nur Mama litt nachts unter ratternden Gedanken, auch ich hatte an der einen oder anderen Sache zu knabbern. In dieser Zeit war es der Gedanke an die drohende Niederkunft meiner Schwester. Katzenbabys, hier im Haus … ich wusste, es würde unruhig und ungemütlich werden.

Natürlich hatten wir nun, wo Chico nicht mehr da war, einen Esser weniger. Aber jetzt war meine Schwester schwanger und ich zählte noch mal durch, wie viele wir damals gewesen waren, in dieser kalten Scheune in der Eifel. Ich erinnere mich an vier Geschwister. Mit mir waren wir zu fünft gewesen. Ehrlich, das ist der Stoff aus dem die Albträume sind! Ich mochte mir überhaupt nicht ausmalen, wie das sein würde, die Luci und ich hier im Haus, zusammen mit fünf Katzenbabys. Am Ende verlangte sie noch von mir, dass ich den Papa spiele? Aber nein, da würde ich einfach nicht mitmachen.

Ich überlegte auch, wer es denn gewesen sein könnte. Der Schrödinger ließ sich hier bei uns nicht sehen. Ich sehe ihn manchmal auf der Straße, aber wenn er mich sieht, flitzt er immer ganz schnell in den Hof von Frau Altmeyer, wo er ja jetzt wohnt. Außerdem ist er kastriert. Die zwei Kater der Nachbarn rechts sind auch kastriert und die wagen sich ohnehin nicht bis auf unseren Hof. Und bei Tante Nancy wohnen sieben Mädels und ein Kater, der allerdings auch kastriert ist.

Ich erinnerte mich aber an den orangefarbenen Kater, den Tante Nancy immer Moritz nannte. Den sie immer nebenher noch mit fütterte, weil er niemandem gehört. Es war nämlich noch nicht so lange her, da hatte er auf meinem Hof gesessen und herumgeschrien. Ganz jämmerlich übrigens. Ich wollte ihn vertreiben, aber …

Also ich muss zugeben, ich bin zwar nicht ängstlich und schaffe es auch verdammt gut, mein Haus und meinen Hof gegen Fremdkatzen zu verteidigen. Aber bei Moritz war ich mir noch nicht so sicher, ob ich mich mit dem anlegen sollte. Er war ein riesengroßer Kater, wobei das alleine nicht so schlimm war. Ich bin auch ein ganz schöner Brocken. Und der Schrödinger zum Beispiel auch, und der traut sich nicht mal her. Aber der Moritz ist eine Kampfsau. Sagt Mama jedenfalls immer. Er sieht oft ziemlich zerrupft aus und als ich versuchte, ihn vom Hof zu treiben, blieb er einfach sitzen und guckte mich groß an.

»Hau ab!«, fauchte ich.

»Halt die Klappe«, fauchte er zurück. »Und hol deine Schwester raus, wir sind verabredet.«

»Mach ich nicht«, sagte ich. »Meine Schwester bleibt wo sie ist. Mit so verwesten Typen wie dir treibt sie sich nicht rum.«

Er starrte mich an, ging in Kampfposition und knurrte mich total böse an.

Ich ging ins Haus. »Luci!«, rief ich. »Da draußen wartet dein Freund.«

Ich hätte von meiner Schwester erwartet, dass sie zu mir hält. Wir sind schließlich eine Familie! Aber das tat sie nicht. So sind sie, die Weiber! Kaum ist ein hübscher Kerl in der Nähe, wobei der Moritz nicht mal hübsch ist, gehen die einfach durch! Meine Mama hat aber neulich erst gesagt, Frauen stehen nicht auf anständige, nette Kerle. Nett wäre die kleine Schwester von stinklangweilig, sagt Mama. Frauen suchen sich immer so was wie einen Bad Boy. Jedenfalls dann, wenn sie noch jung und unerfahren sind. Dann werden sie geschwängert und sitzen gelassen mit der Brut – und erst dann suchen sie sich einen vernünftigen Kerl. Obwohl manche es wohl nie lernen. Meine Schwester Luci jedenfalls war immer total Feuer und Flamme, wenn ihr Bad Boy draußen war. Nicht mehr zu halten!

Sie flitzte an mir vorbei, rannte nach draußen, begrüßte ihn freudig und dann schlichen die zwei sich über die Treppe zum Garten davon. Ich lief hinterher, aber plötzlich blieb Moritz sitzen, guckte mich wieder so böse an und knurrte … also ging ich nach Hause. Meine Leute saßen da mal wieder bei einer Tasse Kaffee zusammen und ich beschloss, die Sache erst mal auf sich beruhen zu lassen. Und auf den Anstand meiner Schwester zu setzen. Luci kann nämlich ein ganz schönes Biest sein, wenn man ihr zu nahe kommen möchte. Also als Kater jedenfalls, bei Mama und Papa ist sie total schmusig.

Bei Moritz war sie offenbar auch schmusig gewesen, denn nun wurde sie immer dicker und es bestand kein Zweifel mehr daran: Es würde nicht mehr lange dauern und die Heimsuchung in Form von Katzenbabys würde uns treffen. Es war echt zum Mäuse melken! Und als sei das noch nicht genug, hörte ich plötzlich schon wieder den Namen »Elvis«.

Moment… Elvis! Von dem hatte sie schon mal erzählt, die Mama. Dieser Hund von ihrem Kumpel Uwe, den sie jahrelang nicht mehr gesehen hatte. Ich rollte mich auf Papas Schoß zusammen und lauschte dem Gespräch.

»Ja«, sagte Mama. »Der Uwe ist ja Musiker und diesen Sommer viel gebucht, fährt durch ganz Deutschland. Früher hat er den Elvis immer mitgenommen, aber dafür ist er jetzt zu alt. Also fragte er über Facebook, ob ihm jemand eine gute Hundepension empfehlen kann. Stell dir vor, der wohnt jetzt auch in Köln und natürlich habe ich ihn angeschrieben. Der hat sich so gefreut, der wusste gar nicht, dass ich jetzt hier in der Gegend wohne. Also ich habe ihm gesagt, wenn der Elvis irgendwo untergebracht werden muss, dann ja wohl bei mir. Und der Uwe war total happy deswegen, denn Elvis war schon immer mein Schnuckel!«

Papa lachte. Aber es klang auch etwas verzweifelt. So ähnlich wie bei mir, wenn ich sage »ach, macht nix!« Also in einem Tonfall, bei dem jeder weiß: Doch, es macht was, es ist eigentlich überhaupt nichts gut, aber man hat ja keine Wahl!

»Und wann trudelt der hier ein? Und wie lange wird er bleiben?«

»Ach«, sagte Mama. »Übernächsten Freitag will er ihn bringen und dann ist er für drei Tage hier. Nicht so lange also.«

Papa streichelte mich, Mama ging mal schnell ins Bad.

»Hm, Mephisto«, sagte Papa. »Die drei Tage gehen rum. Ich fürchte allerdings, dass der Elvis den ganzen Sommer über hier sein wird. Immer mal wieder eben. Ich kenne doch deine Mama.«

Ja, das befürchtete ich in diesem Moment auch, und zwar zu Recht, wie sich später herausstellte. So schnell kann der Traum von einem schönen Leben platzen! Die eine ist schwanger und da kann man sich ausrechnen, was da bald für ein Stress ausbricht. Und die andere schleppt einen Hund hier rein, der auf unbestimmte Zeit immer wieder mal hier sein soll. Hier wohnen soll! Ein riesiger Hund, wie ich vernommen hatte!

Es gibt Tage, an denen ich mich frage, ob meine Menschen bescheuert sind. Insbesondere meine Mama, weil an »ihm« liegt das ja nicht! Der wäre glücklich mit Luci und mir und überhaupt will der gar nicht so viel. Mein Dad ist ein bisschen wie ich. Er will was zum Essen haben, genug Zeit zum Schlafen, und auf Hunde steht der gar nicht so sehr. »Sie« ist es immer, die von Hunden quatscht und … naja. »Sie« ist es auch, bei der man damit rechnen muss, dass sie irgendwann mal einen Hund hier reinlässt, der nie mehr geht.

Und ich kann es mir schon ausrechnen, wie das dann hier läuft. Der Chico, der hat ja fast nur geschlafen. Aber der war ja auch schon alt. Mit einem anderen Hund wird es bestimmt viel, viel stressiger. Ich konnte also nur hoffen und beten, dass meine Mama niemals ihrem Traumhund begegnet und der Elvis nicht für den Rest seines Lebens hier einziehen will.

=^.^=

Die Babys und der Elvis

Bevor dieser Elvis hier eintraf, brach allerdings erst einmal die andere Katastrophe über uns herein. Luci bekam ihre Babys. Mama hatte ihr das alte Hundekörbchen von Chico zurechtgemacht. Sie hatte eine weiche Decke reingelegt und Luci hatte durchaus kapiert, dass das für sie war. Jedenfalls kam sie da kaum noch raus und wenn, dann nur um zu fressen. Und dann ging das los, in einer Nacht von Freitag auf Samstag, eine Woche, bevor der Elvis zu uns kommen sollte. Also kurz nachdem die überhaupt drüber geredet hatten.

Ich wusste nicht so richtig, was ich machen sollte. Luci krampfte immer so ein bisschen, ihre Zunge hing raus und klar, sie hatte Schmerzen. Und ich konnte eben nichts tun, traute mich aber auch nicht so richtig von ihr weg. Mama und Papa schliefen schon und ich war mir nicht sicher, ob ich Luci einfach so alleine lassen konnte.

Aber ganz ehrlich, dann plötzlich fing sie an zu drücken, dann kam da aus ihrem … keine Ahnung, was das ist, ich bin da nicht so bewandert, ich bin ja kastriert … so ein schleimiges Säckchen raus. Und sie fing an, das aufzureißen und sauber zu lecken … da wurde mir so schlecht, dass ich gegangen bin. Ehrlich, mir hat es fast den Kreislauf weg gehauen! Ich weiß nicht, wie Frauen so was aushalten, für einen Kater ist das jedenfalls kein schöner Anblick.

Am nächsten Morgen kam unsere Mama runter, so wie jeden Morgen. Und wahrscheinlich rechnete sie damit, dass wir sie jetzt wieder anschreien wegen Futter und so. Aber das taten wir nicht. Ich traute mich da kaum rein. Ich lief halt hinter meiner Mama her, aber die Luci machte sich plötzlich kerzengerade und maunzte ganz leise. Mama guckte rüber zu ihrem Körbchen, lachte, ging hin … und dann ging die Lobeshymne los.

»Ja feiiiiiiiiiiiiiiiiiiin, Luci … sooooooooooooooo schöne Babys hast du bekommen! Feiiiiiiiiiiiiine Babys!« Luci fing an zu schnurren, setzte sich kerzengerade hin und genoss es, dass sie mal im Mittelpunkt stand.

Wo sind die denn fein??? Und wo sind die schön???

Nach Mamas Reaktion zu urteilen, war der Ekelteil dieser Prozedur vorbei und die Babys waren draußen. Also traute ich mich auch mal näher ran, ich musste ja schließlich mal nachsehen, was sie da für Babys bekommen hatte. Es waren nur zwei, glücklicherweise! Total erleichtert ging ich in die Küche und wartete geduldig, dass man mir mein Näpfchen füllen möge. Das dauerte allerdings an diesem Tag noch länger als sonst!

Jetzt kam nämlich auch noch Papa die Treppe runter und machte so »ah« und »oh« und »fein Luci …«

Ich stelle diese Frage noch mal, was war daran bitteschön fein? Das waren zwei völlig blinde, kleine Dinger, die Augen fest geschlossen, mit kurzem, dunklen Fell und man konnte noch nicht mal sehen, ob das wirklich Katzenbabys waren! Das hätte alles sein können! Und die hörten nicht auf, der Luci zu erzählen, wie toll sie das gemacht hatte? Die wurde immer größer in ihrem Körbchen und guckte total zufrieden und schnurrte vor sich hin … so ein Gedöns wegen so zwei kleinen Dingern!

Ich bin im Laufe dieses verhängnisvollen Samstags ein paar Mal am Körbchen gewesen. Habe nach meiner Schwester gesehen und vor allem wollte ich genauer wissen, wie ich die kleinen Dinger da einzuschätzen hätte. Luci, die normalerweise immer total lieb ist – na gut, bei mir ist sie öfter mal zickig, aber nie so frech wie an diesem Tag – fauchte mich an. »Hau ab!«, fauchte sie. »Spinnst du?«, fauchte ich zurück. »Was bildest du dir eigentlich ein?«

»Hau ab!«, fauchte sie wieder. »Wenn du meinen Kindern näher kommst, sorge ich dafür, dass aus dir ein Pelzkragen für Mamas Jacke wird!«

Autsch. Und so was sagt mir meine Schwester. Meine eigene Schwester, obwohl ich nur Interesse zeige an meinen

Nichten oder Neffen, was auch immer das da sein mochte. »Das hast du jetzt davon«, sagte ich. »Du treibst dich die ganze Zeit mit diesem hässlichen, verwahrlosten Kater rum und jetzt hast du hässliche und verwahrloste Babys bekommen.«

Luci kümmerte sich nicht mehr um mich. Ihre Babys hatten Hunger und tranken an der Milchbar, wie Mama das nannte. Und danach leckte Luci sie hingebungsvoll mit ihrer Zunge sauber. Bis dahin ging das ja noch, aber dann sah ich, dass eines der Babys Kaki machte – und Luci leckte das weg. Ekelhaft! Ich beschloss, dass ich damit nichts mehr zu tun haben wollte. Gar nichts mehr. Und wenn ich den Verwahrlosten da draußen treffen würde, dann würde ich ihn auslachen, jawohl, weil er nur so hässliche Babys wie diese zwei Dinger da auf die Reihe kriegt!

Wäre ich hingegen der Vater gewesen … aber das war ja nicht mehr möglich. Mich hatte man ja kastriert!

Übrigens – das alles besserte sich in der kommenden Woche auch nicht. Ich ging ans Körbchen, wollte mal gucken und wurde übelst beschimpft. Ich schimpfte zurück und dann ging ich beleidigt weg. Jeden Tag aufs Neue. Vor allem musste ich jeden Tag aufs Neue lachen über diese hässlichen Babys. Die hatten immer noch die Augen fest zu und sahen aus wie kleine, dicke Mäuse ohne Augen. Also nicht wirklich hübsch! Mama und Papa hingegen saßen öfter mal vor dem Körbchen und konnten sich gar nicht mehr einkriegen. Die fanden die Dinger hübsch!

Der verwahrloste Kater saß jeden Tag auf unserem Hof. Und jeden Tag, wenn er mich sah, sagte er: »Sag mal der Luci, sie soll rauskommen.« Und, auch jeden Tag, erklärte ich ihm, dass die Luci nicht raus kann. Dank ihm musste sie ja nun erst mal ihren Mutterpflichten nachkommen.

Und dann kam Elvis. Ich wusste an diesem Tag, dass etwas Komisches auf uns zukommen würde. Etwas ganz Komisches. Denn Mama schnappte sich das Katzenkörbchen und brachte es hoch ins Schlafzimmer. »Da oben hast du deine Ruhe mit deinen Babys, Luci …«, sagte sie. Und dann, ein paar Stunden später, kam dieser Uwe, von dem sie erzählt hatte. Und mit ihm …

Meine Güte, ich darf gar nicht dran denken. Ein riesiges Ungetüm von Hund. Riesig groß und rabenschwarz. Und der Hammer, der lief nicht mal an der Leine. Trottete ganz gemütlich neben diesem Uwe her. Begrüßte die Mama ganz überschwänglich. Aber gut, sie hatte ja schon erzählt, dass sie ihn kannte.

Papa war an diesem Nachmittag nicht da, der hatte irgendwo einen Kunden, den er treffen musste. Weiß der Geier, was das wieder für neue Mätzchen waren, normalerweise hängt der oben rum in seinem Büro und arbeitet. An diesem Tag nicht. Aber ganz ehrlich, ich sah diesen Elvis und freute mich drauf, wenn Papa nach Hause käme. Das würde sicher ein Donnerwetter geben, denn dass der Elvis so ein riesiges Ungetüm war, das hatte sie uns verschwiegen. Glaube ich jedenfalls. Sie hatte nur gesagt, er sei groß, aber nicht dass er so groß war!

Ich fand ihn furchterregend! Und so beschloss ich an diesem eigentlich bis dahin so schönen Nachmittag, mich auch in das obere Stockwerk zu verdrücken. Der Elvis hatte mich mit seinem riesigen Maul angeguckt und … ja. Bevor man Schlachtpläne ausarbeitet, muss man den Feind erst mal studieren.

Ins Schlafzimmer durfte ich nicht, Luci fauchte mich gleich an, als ich zur Tür reinguckte. »Raus hier!«

Also legte ich mich in den Flur, direkt oberhalb der Treppe auf den Boden. Total unwürdig, aber was blieb mir übrig?

»Pass aber auf«, hörte ich diesen Uwe sagen. »Der Elvis liebt Katzenfutter!« Und dann lachte er. Ich war empört. Es gibt Dinge, über die scherzt man einfach nicht!

=^.^=

Das Leben ist kein Katzenfutterschlecken

Die Reaktionen auf Elvis waren in unserer Familie wirklich gemischt. Allerdings waren die meisten von uns sich einig, dass wir ihn nicht haben wollten: Luci und ich wollten ihn definitiv nicht bei uns haben. Papa war ja vorgewarnt und wusste, was für ein riesiges Ungetüm dieser Hund ist. Trotzdem hat er sich ein bisschen erschreckt und das habe ich genau gesehen! Auch wenn er es nicht zugegeben hat! Später, beim Abendessen, sagte er nämlich: »Meine Güte, glücklicherweise hattest du ja angekündigt, was das für ein Riesenkerl ist. Trotzdem dachte ich nicht, dass er soooo …«

Mit diesem Elvis begannen hier harte Zeiten für uns, ganz ernsthaft jetzt. Er hat im Grunde ganz cool auf uns Katzen reagiert, nicht versucht, uns zu jagen oder sonst was. Aber die Luci hat sich aus dem oberen Stockwerk nicht mehr nach unten getraut. Ihre Babys hat sie in Mamas Bett gepackt, immer wieder, und hat sie sogar mit Mamas Bettdecke zugedeckt. Mama musste immer, wenn sie schlafen ging, ihr Bett absuchen, weil sie die kleinen Dinger ja nicht zerdrücken wollte. Im Grunde war das auch Blödsinn und das habe ich meiner Schwester auch immer wieder erklärt: Der Elvis ist ein alter Knacker und der schafft es gar nicht mehr, die Treppe nach oben zu latschen. Also vielleicht würde er es schaffen, aber er hat keinen Bock da drauf. Der Elvis bleibt unten, ganz zuverlässig. Da ist das Esszimmer, das Wohnzimmer, die Küche, der Flur … da hat der genug Platz. Zumal es der Mama reichte mit den Katzenbabys im Bett und sie nach unten ins Wohnzimmer zog. Wenigstens über Nacht. Sie schlief dort auf dem Sofa. Und der Elvis neben ihr, der bewachte sie wohl. Ich vermute übrigens, ihr ging es gar nicht um ihre Ruhe, sondern darum, dass sie sich nur über Nacht nicht vom Elvis trennen konnte. Sie erzählte nämlich immer wieder, dass sie den Elvis heiß und innig liebt, schon seit sie ihn vor vielen Jahren zum ersten Mal gesehen hat.

Was aber wirklich schrecklich war, das war die Sache mit dem Katzenfutter. Elvis liebte es tatsächlich. Und das war eine echt schwierige Situation, das könnt ihr mir glauben. Das Näpfchen wurde voll gemacht wie immer, aber gar nicht wie immer musste man sich jetzt draufstürzen, als gäbe es kein Morgen mehr. Sonst hätte es dieser fürchterliche Hund innerhalb von Sekunden assimiliert! So wie er sein eigenes Futter runterschlang, sobald die Mama ihm was hinstellte. Ratzfatz war das weg, ich habe noch nie jemanden so schnell fressen sehen wie diesen Elvis. Und überhaupt, was ist das für ein bescheuerter Name?

Luci ging es ja gut! Ihr brachten sie das Futter immer nach oben, aber damit ich mich nicht dran vergriff, sperrten sie mich aus, bis sie gefressen hatte. Ich hatte eh keinen Bock, mich in diesem Schlafzimmer aufzuhalten, denn da waren ja auch noch diese kleinen Bestien. Diese Katzenbabys! Und inzwischen hatten sie die Augen offen. Eine echt harte Nummer, vor allem für Luci. Bis dahin hatten sie nämlich immer schön brav m Körbchen gelegen oder eben unter Mamas Bettdecke. Nun aber, wo sie die Augen offen hatten, wollten sie natürlich die Welt erkunden. Und das bedeutete im Klartext, die stolperten und watschelten durch das ganze Schlafzimmer und die Luci durfte den ganzen Tag hinterherlaufen und sie wieder einsammeln. Damit sie nicht versehentlich die Treppe runterfallen, machte Mama die Tür vom Schlafzimmer immer zu. Aber das bedeutete auch, dass Mama immer ganz vorsichtig die Tür öffnen musste, wenn sie rein wollte, um nach den Katzenbabys und nach der Luci zu gucken. Ich sagte Luci damals auch, dass sie die Biester ruhig laufen lassen soll, immerhin ist ja die Tür zu und die können gar nicht die Treppe runterfallen und direkt vor der riesigen Schnauze von diesem riesigen Hund landen. Aber der Dank für meine Freundlichkeit war, dass sie mich anfauchte. Abhauen sollte ich, meinte sie. Ich hätte überhaupt keine Ahnung von der Erziehung von Katzenkindern und deswegen sollte ich die Klappe halten. Einen Klugscheißer nannte sie mich!

Unsere Mama hingegen machte ein Gedöns um den Elvis, so was habe ich noch nie erlebt. Elvis hier und Elvis da. Und hat der Elvis gefressen? Und muss der Elvis Gassi? Und schmusi hier und schmusi da! Die war nur noch mit diesem Elvis zugange!

»Ich glaube, du brauchst doch wieder einen Hund«, meinte der Papa dann irgendwann abends. »Du bist ein ganz anderer Mensch, wenn du einen Hund um dich herum hast.«

Ich hätte ihm echt eine knallen können! Eigentlich mochte er doch auch lieber Katzen und konnte mit Hunden gar nicht so viel anfangen. Ich hätte mir gerne mal von ihm erklären lassen, warum er jetzt versuchte, sie auf komische Ideen zu bringen!

Sie schüttelte mit dem Kopf. »Ach nein, im Moment ist das ganz gut so, wie das ist. Der Elvis ist jetzt ein paar Tage hier, dann wird er wieder abgeholt. Kommt dann nächste oder übernächste Woche wieder für ein paar Tage … das ist okay so. Im Moment genügt mir das.«

Papa nickte. Ich nickte auch zustimmend, aber das sah natürlich wieder keiner. Das mit dem Elvis, das war irgendwie alles absehbar. Der Typ, dem der gehörte, war Musiker. Die ziehen im Sommer rum und haben Gigs. Und im Winter läuft da nix. So ein Sommer geht ganz schnell vorbei. Und der Elvis war ja auch nicht mehr der Jüngste. Gut, der Chico war siebzehn Jahre alt geworden, aber ich hatte auch vernommen, dass so große Hunde nicht so alt werden. Da stand also schon irgendwie ein Ablaufdatum drauf.

Ich hoffte nur inständig, dass der nicht bei uns daheim das Zeitliche segnen würde. Denn wahrscheinlich würde das eine emotionale Katastrophe werden für unsere Mama. Und wenn die richtig am Flennen ist, dann kriegt man sie tagelang nicht zu Gesicht und das Öffnen der Dosen wird auch zum Problem, weil nur noch einer in diesem Haushalt drüber nachdenkt, dass wir die Dinger nicht alleine aufkriegen.

=^.^=

Amy und Tommy

Aus unseren Katzenbabys wurden natürlich zwei kleine, rotzfreche Racker. In den ersten Wochen ihres Lebens hatte ich mit ihnen nach wie vor wenig zu tun. Sie waren mit Luci zusammen oben im Schlafzimmer. Luci hatte dort alle Pfoten voll mit ihnen zu tun. Und weil Elvis, dieser riesige Hund, irgendwie ständig bei uns war, verzichtete Mama wochenlang drauf, diese zwei kleinen Nervensägen nach unten zu holen.

Luci selbst wäre so oder so niemals freiwillig runter gekommen. Sie hat Elvis nur einmal kurz gesehen und er hat ihr auch überhaupt nichts getan – aber sie riss entsetzt die Augen auf und flitzte wieder nach oben. Ich selbst allerdings kam mit Elvis ganz gut aus. Denn mal ehrlich, wer klug ist, macht eben aus allem das Beste. Und das war so schon nicht schlecht, denn auf diesem Weg blieben die kleinen Biester wenigstens meinem Wirkungsbereich fern.

Dieser Uwe, der Papa vom Elvis, hatte offenbar gut zu tun. Dann wollte er noch mit seinem Sohn in den Urlaub fahren. Ich hörte öfter, wie er sagte, dass er ein schlechtes Gewissen hat, weil die Mama sich ständig um Elvis kümmern muss. Ich hörte aber auch, wie die Mama dann immer sagte: »Hallo, der Elvis ist mein Liebling, wenn der irgendwo untergebracht wird, dann ja wohl bei mir!«

Dieser Elvis fühlte sich offenbar auch sauwohl bei uns. Kein Wunder! Im Laufe der Zeit habe ich ja immer mehr über seine Lebensumstände mitbekommen. Also abgesehen davon, dass Elvis ein alter Knacker war und es nicht mehr schaffte, die Treppe in den ersten Stock hochzukommen … dieser Uwe lebte in der Stadt. Und nicht im Erdgeschoss. Das hieß, der Elvis musste regelmäßig Treppen hochlaufen. Und wahrscheinlich mussten die auch immer mal ein Stück laufen, bis sie einen Baum fanden, an den er mal dranpinkeln konnte. Elvis hob nämlich immer das Bein zum pinkeln. Das war mir neu, denn Chico hat das ja nie gemacht. Mama meinte allerdings, das wäre deswegen gewesen, weil Chico schon so alt war. Früher hat er so was angeblich auch gemacht.

Bei uns hingegen hatte der Elvis ja ein ruhiges Leben und wie gerne er hier war, das sah ich an dem Tag, an dem dieser Uwe ihn mal abholen wollte. Und der Elvis ihn einfach ignorierte. Uwe war schon ein klein wenig beleidigt, aber andererseits … also dieser Mensch hat einfach immer gute Laune und er lacht immer. »Es beruhigt mich ja ungemein«, sagte er zu Mama. Die saßen nämlich an diesem Tag noch ewig zusammen auf der Terrasse. »Weißt du, da sehe ich doch, es geht ihm hier gut, das habe ich ja ohnehin nicht bezweifelt. Aber er fühlt sich auch sauwohl hier und das ist toll. Dann muss ich ja kein schlechtes Gewissen haben, wenn ich das nächste Mal unterwegs bin.«

»Nö«, meinte meine Mama. »Das musst du nicht. Es sei denn, du bringst ihn woanders unter, dann schon!« Und Uwe lachte.

Tja, jetzt habe ich mich verzettelt … was wollte ich noch erzählen? Ach ja, diese Katzenkinder! Diese freche Brut!

Der Elvis war ja nicht durchgehend hier und wenn er nicht hier war, holte Mama die Luci nach unten. Die Kinder selbstverständlich auch. Aber das kann ich euch sagen, das war ein Stress! Die hangelten sich am Sofa hoch, hauten ihre Krallen in Mamas und Papas Beine, um dran hochzuklettern. Mama schlief schon wieder seit Wochen im Wohnzimmer. Erst wegen Elvis. Dann weil das Bettzeug halt da rumlag. Und dann am Ende wegen der Katzenkinder.

»Das ist so süß!«, schwärmte sie irgendwann mit leuchtenden Augen. »Die haben heute Nacht tatsächlich beide bei mir gelegen, richtig gekuschelt haben sie!« Ich hingegen war total sauer. Gerne hätte ich mich nämlich mit zu Mama gekuschelt, aber da lagen ja die Gören rum. Es war echt nicht einfach.

»Wie lange willst du eigentlich noch warten, bis du die Kinder vermittelst?«, fragte Papa irgendwann.

»Zwölf Wochen sollten sie bei ihrer Mama bleiben«, bekam er zur Antwort. »Früher gehen sie hier nicht weg.«

»Hm«, meinte Papa nur. »Klar, das ist sicher optimal.«

Und dann waren sie zwölf Wochen alt. Irgendwann, auch wenn es mir wie eine Ewigkeit vorkam. Und Mama erzählte dem Papa dann abends, dass sie die Kleinen zur Vermittlung angeboten hat. Mir ist echt ein Stein vom Herzen gefallen. Ich dachte schon, diese zwölf Wochen gehen überhaupt nicht vorbei!

Am nächsten Tag saßen die beim Abendessen, als Papa dann mal wieder solche Fragen stellte. »Sag mal, willst du die Kinder eigentlich wirklich vermitteln?«

»Warum?«, fragte Mama. »Natürlich! Ich habe sie doch zur Vermittlung angeboten!«

»Hm«, räusperte Papa sich. »Es ist halt so, ich habe die Anzeige gelesen. Und irgendwie klingt sie so, als würdest du sie eigentlich überhaupt niemandem geben wollen.«

»Wieso?«, fragte Mama. »Das sind ganz klare Bedingungen und entweder sind die Leute damit einverstanden oder halt nicht.«

»Die Bedingungen sind ein bisschen hart und die ganze Formulierung klingt hart.«

»Findest du?«, fragte Mama.

Papa nickte. »Weißt du, die Schutzgebühr von 100 Euro ist für unsere Gegend hier ziemlich hoch. Das zahlt dir keiner, auch wenn du sicher Recht hast, die Babys dadurch schützen zu wollen. Aber wir sind hier in der Voreifel. Wer hier ein Katzenbaby will, holt sich normalerweise eins vom Bauernhof und zahlt gar nichts.«

»Schlimm genug«, geiferte Mama. »Das sind dann nämlich die, die dann auf die Straße gesetzt werden, wenn sie nicht mehr klein und süß sind.«

»Du kannst aber nicht allen Leuten einfach mal unterstellen, dass sie ihre Katzenbabys wieder loswerden wollen, wenn sie ausgewachsen sind.«

»Das vielleicht nicht. Aber wir sind uns sicher einig drüber, dass viele Menschen so ein süßes Katzenbaby sehen und es haben wollen. Ohne darüber nachzudenken, dass so ein Tierchen im Durchschnitt 20 Jahre alt wird. Dass man ein Katzenklo reinigen muss und die manchmal irgendwohin kotzen.«

»Ja, aber guck mal …« Ich merkte, Papa bemühte sich redlich, sie zu überzeugen, wenigstens ein bisschen was an ihrer Formulierung zu ändern. »Du schreibst ganz klar, dass du das neue Zuhause vorher kontrollierst. Dass die einen Schutzvertrag unterschreiben müssen. Dass du nach der Übergabe und wenn die Kinder sich eingelebt haben, kontrollieren kommst. Dass du das Recht hast, die Katzenkinder zurückzuholen, wenn du der Meinung bist, das neue Zuhause taugt nichts. Dass sie die Tierchen nicht weiter vermitteln dürfen. Dass sie nur zusammen abgegeben werden. Dass du anständige Interessenten erwartest, die sich auch ordentlich ausdrücken können. Dass du die Katzen nicht an Schwangere abgibst, weil du genau weißt, dass ein paar Monate später ein Baby allergisch reagiert.«

»Und was ist daran falsch?«, fragte Mama.

Also ICH habe die ganzen Fehler bemerkt! Meine Mama offenbar nicht.

»Also es fehlt eigentlich nur noch, dass du dir ein Vorstrafenregister zeigen lässt, eine Schufa-Auskunft und die Leute zur täglichen Berichterstattung zwingst.«

»Nur so können wir plötzliche Allergiker ausschließen. Und Menschen, die die Tierchen zu Pelzkragen verarbeiten wollen. Oder sie essen.«

»Es steht allerdings nicht drin, dass du sie nicht an Chinesen abgibst.«

»Gut, dass du mich dran erinnerst«, sagte Mama. »Das werde ich noch hinzufügen.«

Papa rollte mit den Augen. Und es kam wie es kommen musste. Es rief nämlich überhaupt niemand wegen den beiden Gören an. Es schrieb auch niemand eine E-Mail.

»Vielleicht solltest du doch noch mal deinen Text ändern«, gab Papa zu bedenken. »Eine Kontrolle anzukündigen ist okay. Schutzgebühr ist auch okay, aber hier in der Gegend vielleicht nicht so hoch. Die Hälfte würde auch genügen. Sie aber Schwangeren oder Chinesen nicht geben zu wollen, ist nicht so ganz in Ordnung. Du kannst auch nicht von den Leuten verlangen, dass sie ihre Familienplanung abgeschlossen haben und die Kinder schon mindestens zehn Jahre alt sind.«

»Ich kann verlangen was ich will«, sagte Mama. »Das sind meine Babys, die schlafen nachts bei mir und kuscheln sich an meinen Hals. Daraus werden weder Pelzkragen gemacht, noch falscher Hase mit Gemüsebeilage, noch werden sie zum Kinderspielzeug erklärt. Basta.«

»Ich besorge dann morgen mal neues Katzenfutter«, meinte Papa seufzend. »Ich habe den Eindruck, dass wir hier künftig vier Katzen durchfüttern müssen.«

Sie reagierte darauf nicht. Aber nur eine Woche später meinte sie: »So, jetzt sind sie schon 14 Wochen alt. Niemand wollte sie haben. Ich habe jetzt beschlossen, dass sie hier bleiben. Sonst kann ich nie wieder schlafen. Ich kann sowieso nicht schlafen mit meinen Schlafstörungen, oder zumindest viel zu wenig. Aber wenn die jetzt irgendwo hin vermittelt werden, wo ich nicht sicher bin, dass sie dort ihr Traum-Zuhause haben, kann ich überhaupt nicht mehr schlafen.«

Papa meinte, es sei gut, dass er gerade Katzenfutter gekauft hätte. Und er rechnete aus, was das Katzenfutter für vier Katzen monatlich kostet. Mama ignorierte das.

»Da ich nun beschlossen habe, dass sie hier bleiben, habe ich sie auch getauft. Das Mädchen heißt Amy und der Bub heißt Tommy. Nach Amy McDonald. Und nach Tommy Flanagan.«

Wer auch immer das sein mochte … ich erfuhr später, dass Tommy Flanagan ein Schauspieler ist, den sie total cool findet. Und Amy McDonald eine Sängerin, die sie gerne hört.

Und es war einfach so, wie es immer ist. Ich wurde überhaupt nicht gefragt. Wenn man mich gefragt hätte, ich hätte überhaupt keine Schutzgebühr genommen. Dann wären sie sofort weg gewesen. Wenn man mich fragt, ich hätte sie auch an schwangere Frauen oder Chinesen vermittelt. Hauptsache weg!

Ich hatte mich einfach total drauf gefreut, dass hier wieder Ruhe einkehrt, aber offenbar ist das in diesem Haus nicht möglich. Die sind doch alle wahnsinnig hier! Und meine Schwester ist überhaupt die Schlimmste von allen. Denn als wäre das noch nicht genug Ärger, den sie uns da eingebrockt hat, weil sie mit diesem hässlichen, orangenen, verwahrlosten Kater rumgezogen ist …

Noch am gleichen Abend guckte Papa ihr hinterher, als sie vom Esszimmer ins Wohnzimmer lief. »Wann wolltest du noch mal die Kastration machen lassen?«, fragte er Mama nachdenklich.

»Ich rufe gleich morgen bei der Tierärztin an und lasse mir einen Termin geben.«

»Das brauchst du nicht. Die ist schon wieder dick.«

»Was?«, brüllte Mama entgeistert. Sie lief meiner Schwester hinterher. Kam mit ihr auf dem Arm zurück, setzte sich wieder. Setzte Luci auf ihren Schoß und tastete sie ab. »Das gibt es doch nicht!«, fluchte sie. »Sie hat doch letzte Woche noch gesäugt!«

»Offenbar hat sie auch gepoppt«, sagte Papa. Er stöhnte. Mama stöhnte. Und ich stöhnte sowieso, aber wie immer: Auf mich hört keiner. Und mein Seufzen und Stöhnen nimmt auch niemand wahr. Man versprach mir ein Himmelreich. Und jetzt muss ich damit leben, dass hier riesige Hunde ein- und ausgehen. Meine Schwester sich mit einem hässlichen Kerl rumtreibt, der sie ständig schwängert. Und damit, dass die Brut dann auch noch hier leben soll.

Ich befürchte, dieses Haus wird bald zu klein sein für uns alle. Jemand muss gehen und ich werde es nicht sein!

=^.^=

Der orangefarbene Kater

Wir schrieben das Jahr 2014, und ich möchte noch einmal daran erinnern, was ich in diesem Haus bereits durchgemacht habe. Zuerst musste ich feststellen, dass ich mir mein neues Haus und meine neuen Eltern nicht nur mit meiner Schwester teilen muss: Da war auch noch dieser andere Kater. Der Herr Schrödinger. Ihn rauszuekeln war wirklich nicht leicht und ich war so dankbar für diese alte Dame, die den immer gefüttert hat und ihn damit überredete, bei ihr zu bleiben. Dann der Hund, dieser Chico. Ich konnte ihn dann zwar irgendwann ganz gut leiden, aber er stank so fürchterlich. Nein, das war nicht schön.

Es war auch nicht schön, als er dann irgendwann starb, weil es hier plötzlich so traurig wurde. Und irgendwie habe ich ihn schon ein bisschen vermisst. Ich mochte das Futter ziemlich gerne, das sie ihm immer hingestellt haben. Als er nicht mehr da war, stellten sie es natürlich auch nicht mehr hin.

So, dann dieser hässliche, verwahrloste, orangefarbene Kater, der sich einfach nicht von mir vertreiben ließ. Der mit meiner Schwester von dannen zog, die mich keines Blickes mehr würdigte. Ich habe es ihr verboten, wirklich. Ich habe ihr gesagt: »Geh nicht mit diesem räudigen Viech weg! Der schwängert dich wieder!«

Aber wie alle verliebten Mädels hat sie natürlich nicht auf mich gehört. Raushalten soll ich mich, hat sie gesagt. »Da passiert schon nichts«, hat sie gesagt. Und dann hatten wir den Salat! Amy und Tommy! Ich habe auch gesehen, dass sie wieder mit ihm unterwegs war, als die Babys noch ganz klein waren. »Da passiert nichts«, sagte sie. »Reg dich ab, solange ich meine Babys noch säuge, kann ich nicht schwanger werden.«

Und ich kann mich dran erinnern, dass ich so was mal im Fernsehen gehört habe. Ich habe das mal in einem Film gesehen, es gibt nämlich auch unter den Menschen Frauen die denken, wenn sie gerade ein Baby bekommen haben und noch stillen, können sie nicht schwanger werden. Das geht immer schief, aber auf mich hört ja niemand.

Dem orangefarbenen Kater habe ich auch gesagt: »Wenn du meine Schwester wieder schwängerst, kannst du was erleben!« Und der? Guckt mich an und meint, ich wäre ja nur eifersüchtig, weil ich nur noch mit heißer Luft schieße. Das war der Tag, an dem ich beschlossen habe, mich nicht mehr aufzuregen. Sollen die doch alle machen was sie wollen, ich sage nichts mehr.

Und nun war sie wieder schwanger. Diese zwei Gören sollten hier bleiben. Und der orangefarbene Kater trieb sich immer noch hier rum. Tante Nancy war abends immer mal bei uns und irgendwann erzählte sie, dass sie mit dem Tierschutzverein Kontakt aufgenommen hat. Der orangefarbene Kater gehörte ihr ja nicht und uns auch nicht – aber irgendwie musste der ja mal kastriert werden, sonst würde das ja ewig so weitergehen. Ich fand das gut. Ich freute mich auch auf den Tag, an dem ich ihn auslachen konnte, weil er jetzt auch mit heißer Luft schießen muss.

Ja, und dann der Elvis. Es war Sommer. Es war heiß. Und dieser Uwe war irgendwie nur noch unterwegs. Jedenfalls schien es mir so, denn dieses schwarze, riesige Untier war ständig da. Die gingen jeden Tag mit ihm in den Wald. Das an sich wäre ja schön gewesen, eine Stunde Ruhe tut auch mir zwischendurch mal gut. Aber weil es so heiß war, planschte der Elvis natürlich immer in so einem Wasserloch rum, wenn er im Wald war. Und wenn er zurückkam, stank er noch abscheulicher als vorher.

Trotzdem gab es auch hier Vorteile. Meine Schwester Luci wohnte nämlich prinzipiell oben im ersten Stock, in Mamas Schlafzimmer, wenn der Elvis hier war. Der alte Knacker schaffte es ja nicht mehr, die Treppe hochzukommen und das nutzte Luci natürlich aus. Davon abgesehen hatte sie auch meiner Nichte Amy klar gemacht: »Geh da ja nicht runter. Da sitzt dieses riesige Untier und wird dich fressen!«

Mir war das recht. So hatte ich meine Ruhe vor den Damen. Amy glaubte es nicht so wirklich und es gab ein paar Momente, in denen sie sich runter wagte. Sie guckte vorsichtig ins Wohnzimmer, aber immer, wenn Elvis sie sah, sprang er auf. Er wollte sie nicht jagen! Aber sie dachte das. Meine Nichte ist ein ängstliches, kleines Ding. Dafür kann sie nichts. Meine Schwester hat sie verwöhnt und sie zur Mimose erzogen. Statt sie stark und mutig zu machen, wie man das mit seinen Babys machen sollte, hat sie Amy ständig erzählt, wie gefährlich die Welt ist. Tommy hat sie das übrigens auch erzählt, der hing auch ständig oben im Schlafzimmer rum. Und Mama schlief jetzt nur noch im Wohnzimmer. Damit der Elvis nachts nicht so alleine ist, sagte sie.

Jetzt war die Luci natürlich auch schon wieder schwanger und ließ sich verwöhnen. Futternäpfchen nach oben ins Schlafzimmer. Schlafzimmertür zu, damit der Mephisto das nicht frisst, klar. Man gönnt mir in diesem Haus nichts!

Der Elvis wunderte sich auch. »Mach dir nichts draus, Alter!«, sagte ich eines Abends zu ihm. »Das sind Weiber, die sind halt so.« Er antwortete mir nicht. Ich fürchte er hat mich nicht verstanden. Aber er wedelte mit dem Schwanz und das war für mich klar ein Zeichen von Zorn.

Eines schönen Nachmittags saß der orangefarbene Kater wieder im Hof. Ich hätte ihn gerne vertrieben, aber bei ihm bin ich ja immer ein bisschen vorsichtig. Er ist wirklich eine Kampfsau und manchmal, wenn ich abends daheim bin und auf der Couch liege, höre ich, wie er sich draußen rumschlägt. Das ist immer ein schlimmes Gefauche und Geschreie. Am Ende ist es immer er, der alle in die Flucht schlägt. Ich habe natürlich keine Angst vor ihm und Respekt sowieso nicht. Aber ihn zu besiegen ist nicht einfach und er läuft auch nie rückwärts weg, wenn er mich sieht, wie es der Schrödinger immer gemacht hat. Nein, der sitzt da und guckt mich provozierend an.

Aber nicht an diesem Tag. »Na, Alter!«, rief ich. »Siehst nicht gut aus, heute.«

»Ich fühle mich auch nicht so gut«, sagte er. »Aber komm mir ja nicht näher. Hol mal deine Schwester raus!«

»Meiner Schwester geht es nicht gut«, sagte ich. »Sie ist ziemlich dick und rund und das ist deine Schuld. Schon wieder!«

»Ach …,« seufzte er. Mit dem stimmte doch was nicht?

»Hab dich ein paar Tage nicht gesehen«, sagte ich. »Wo warst du denn?«

»Keine Ahnung«, antwortete er. »Die Frau, die hier drüben wohnt, hat mich in so eine Kiste gepackt. Dann wurde ich abgeholt. Dann haben sie mir eine Spritze gegeben. Und als ich wach wurde, stimmte irgendwas nicht. Mir war schlecht und ich hätte kotzen können. Und irgendwas haben sie mit meinen Eiern gemacht.«

Zufrieden lehnte ich mich zurück. »Dann schießt du jetzt auch nur noch mit heißer Luft«, sagte ich.

»Was soll das denn heißen?«, fragte er.

»Ach nichts. Ich sage meiner Schwester, dass du da bist, vielleicht kommt sie ja raus. Jetzt kann ja nichts mehr passieren.«

Ich ging dann hoch zur Luci und sagte ihr, dass ihr Lover unten wartet. Aber dass er jetzt auch nur noch mit heißer Luft schießt. Ein bisschen hämisch war ich ja schon, das muss ich ja zugeben. Luci gähnte. »Sag ihm einen schönen Gruß und das wird heute nichts mehr. Ich werde heute Nacht meine Kinder bekommen und will mich noch ein bisschen ausruhen.«

Schreck, lass nach…

Gerade war der Elvis wieder abgeholt worden, und ich hatte mich auf viel Ruhe gefreut. Und dann will sie ihre Kinder bekommen? Na toll …

Schon wieder Babys!

Dieser Uwe war also hier gewesen und hatte den Elvis abgeholt. Die Mädels oben hörten das sofort und kamen wieder runter. Ich hatte noch gut im Ohr, dass Luci ja am Nachmittag schon angekündigt hatte, dass sie ihre Babys an noch diesem Abend bekommen will. Also legte ich mich auf mein Sofa und wartete einfach ab, was passiert.

Mama und Papa guckten eine Serie. Jedenfalls ging es schon langsam auf den Herbst zu und abends war es lausig kalt. Sobald die Sonne weg war, wurde bei uns zu Hause die Heizung aufgedreht. Meine Mama ist eine Frostbeule und wenn sie friert, sieht das immer ganz lustig aus, wie sie in ihre Decke gewickelt ist. Sie hat so eine große, schwarze Decke. Die legt sie sich nicht nur über die Beine, sondern auch unter die Füße, sodass das wie ein kleines Zelt ist für uns Katzen. Manchmal lege ich mich da rein, weil es einfach total kuschelig ist.

Aber nicht an diesem Abend. Da blieb ich lieber auf der Couch. Ich sah nämlich, wie meine Schwester Luci sich in das Deckenzelt zu Mamas Füßen kuschelte. Mir war schon klar, was da nun laufen würde. Und meine Leute guckten seelenruhig die Tudors. Ich weiß auch nicht, was sie daran finden. Ich gucke ja oft mit, wenn sie sich DVDs ansehen. Und wenn ich das dann immer so höre, habe ich das Gefühl, dass es uns Katzen in diesen Zeiten, in denen die Geschichte spielt, gar nicht so besonders gut ging. Besonders schwarzen Katzen schien es damals an den Kragen zu gehen. Manchmal ziehe ich meine Schwester damit ja auf, denn sie ist ja rabenschwarz, aber sie reagiert dann immer nur patzig und lässt mich einfach stehen. So sind sie, die Frauen.

Egal, ich hatte Recht mit meiner Ahnung. Luci bekam ihr erstes Baby in diesem Deckenzelt zu Füßen unserer Mama. Ganz plötzlich hörten wir alle etwas total kläglich miauen. Mama guckte den Papa verdutzt an, dann mich … so ein Blödsinn. Als ob ich solche Töne von mir geben würde! Und dann schlug sie die Decke zurück und guckte, was sich da zu ihren Füßen abspielte.

»Nein, das ist ja der Hammer!«, rief sie aus. Sie griff nach unten und hatte plötzlich ein kleines Katzenbaby in der Hand. Also ich sage es mal so: Dass es ein Katzenbaby war, wusste ich auch nur, weil ich ja wusste, dass Luci heute noch welche kriegen wird. Und weil ich inzwischen ja erfahrener Onkel von Tommy und Amy bin. Die sahen damals auch so aus. Wenn Luci mir damals nicht gesagt hätte, dass das ihre Babys sind, ich hätte die zwei glatt für zwei blinde Mäuse gehalten. Oder für Maulwürfe. Die habe ich im Garten schon mal gefunden.

Wie auch immer, meine Mama fing an, die Luci zu loben. »Fein gemacht, Luci! So ein hübsches Baby!«

Was, bitteschön, ist denn an so was hübsch? Vielleicht werden die mal hübsch, das kann schon sein, aber das muss ich hoffentlich nicht mehr erleben! Ich hatte jetzt schon Bedenken, dass das am Ende auch hier bleiben sollte. Dann wären wir zu fünft. Aber da meine Schwester beim letzten Mal zwei Babys bekommen hatte, ging ich davon aus, dass da noch eins nachkäme. Dann wären wir zu sechst.

Gut, Tante Nancy hat insgesamt acht Katzen, aber … ich habe mich mit denen mal unterhalten. Die tun immer so, als wäre das in Ordnung für sie, aber ich glaube ihnen das nicht so ganz. Es sind einfach zu viele Katzen und ich frage mich immer, wie die das machen, wenn es Futter gibt. Tante Nancy stellt nämlich nicht acht Futternäpfchen hin. Es sind höchstens zwei oder drei. Also mir würde das stinken. Obwohl meine Leute das hier genauso machen. Luci und ich müssen immer aus einem Näpfchen essen und die zwei Kinder, Tommy und Amy, aus einem zweiten Näpfchen. Aber ich muss die zwei Gören ständig ermahnen, weil sie immer an meins wollen.

Mama rannte jedenfalls nach oben ins Schlafzimmer, holte dort das Katzenkörbchen und legte eine frische Decke rein.

Dann legte sie das Katzenbaby in das Körbchen und Lucifer legte sich gleich dazu. Das Körbchen stand natürlich direkt vor Mamas Füßen. Und die war bewaffnet mit diesem Ei-Dings, mit dem man auch Bilder und Videos machen kann. Sie filmte das Ganze natürlich so gut es ging.

Ich fragte mich allerdings, warum sie das tat. Es war wirklich nicht schön! Aber vielleicht sehen Frauen das anders, ich habe keine Ahnung. Lucifer quatscht ja auch manchmal so komisches Zeug. Sie erzählt dann was vom Wunder des Lebens und so. Und unsere Mama scheint genauso drauf zu sein. Meine Schwester krampfte ein paar Mal. Und sie sah ein bisschen doof aus, muss ich sagen, denn immer wenn sie krampfte, hing ihr die Zunge aus dem Mund. So was sieht immer blöd aus, aber bei einer rabenschwarzen Katze sieht man so eine rote Zunge natürlich umso deutlicher. Ich vermutete, dass sie Schmerzen hatte, aber sie gab keinen Ton von sich. Und am Ende lag da noch so ein kleines Ding, das aussieht wie ein nasser Maulwurf. Alles wie beim letzten Mal eben.

Nun gut, dachte ich. Das Ganze ist nun überstanden. Herzlichen Glückwunsch Luci, du hast dafür gesorgt, dass wir uns dieses Haus mit noch zwei Katzen teilen müssen. »Vielleicht lädst du deinen Lover auch noch ein?«, fauchte ich sie an. »Dann sind wir sieben. Und der ist doch bestimmt heiß drauf, hier mit dir zusammen zu wohnen, oder?«

»Halt die Klappe«, fauchte Luci. Und dann schleckte sie wieder an ihren zwei Kindern rum. Mama war ganz außer sich und jauchzte.

Kurz danach begann Luci wieder zu krampfen. Mama streichelte sie. »Kommt da noch eins?«, fragte sie. Wenn ich schwitzen würde, dann hätte mir jetzt der Schweiß auf der Stirn gestanden, wirklich! Und sie behielt Recht. Es kam noch eins. Und noch eins. Und noch eins.

Fünf Katzenbabys!

Als Papa an dem Abend noch mal kurz vor die Tür ging und aus dem Anbau eine Flasche Wasser holte, ging ich mit.

Wir haben hier nämlich einen Anbau, in dem die ganzen Lebensmittel und Getränke aufbewahrt werden. Manchmal bleibe ich über Nacht hier drin. Jemand muss auf das Futter aufpassen. Inzwischen habe ich übrigens einen tollen Trick raus: Zumindest die Pakete mit dem Trockenfutter bekomme ich selbstständig auf.

Ich hüpfte auf das Regal mit dem Katzenfutter. Zwei Pakete Katzenfutter. Und zwei Paletten Dosenfutter. Ich überschlug mal kurz im Geist, wie lange das reichen würde und erinnerte mich wieder daran, dass Mama neulich meinte, sie hätte nicht genug Mäuse. Ich glaube, auf uns kommen harte Zeiten zu. Jetzt sind wir neun.

Als mir am nächsten Tag der räudige Kater begegnete, überlegte ich mir sehr lange, ob ich ihn in Zukunft nicht einfach ignorieren sollte. Mal im Ernst, wenn keiner von uns mehr mit ihm spricht, vielleicht haut er dann ab? Gut, er ist jetzt kastriert und das waren die letzten Kinder, die er gezeugt hat. Aber Mama und Papa haben ein Herz für Katzen und überhaupt für Tiere. Wir sind jetzt schon neun. Was, wenn sie auf die Idee kommen, den orangefarbenen Kater auch noch durchzufüttern? Nur weil der niemanden hat und immer bei uns rumhängt? Dann sind wir zehn!

»Alter«, sagte ich. »Meine Schwester hat schon wieder fünf Kinder von dir bekommen.«

»Und?«, fragte er. »Sind sie hübsch?«

»Es sind Babys. Was kann daran hübsch sein?«

»Vielleicht bin ich ja gar nicht der Vater«, sagte er. »Diese Nancy hat ja dafür gesorgt, dass der Tierschutzverein mich abholt und kastriert.«

Also an dem Punkt wurde ich wirklich sauer. »Willst du jetzt auch noch meiner Schwester unterstellen, dass sie sich mit anderen Kerlen rumtreibt? Pass bloß auf, du!«

Ich weiß nicht, was durch die Kastration mit ihm passiert ist. Früher, wenn ich ihn mal angefaucht habe, hat er immer zurück gefaucht. Er hat mir auch mal eine geknallt, seither wusste ich, wie stark er ist und habe mich sehr zurück gehalten. Einmal hatten wir richtig Stress miteinander, aber nur so mit Blicken und Knurren. In der Nacht darauf hat er direkt vor unserem Haus einen Kampf mit anderen Katzen inszeniert. Dabei hat er immer zu unserem Wohnzimmerfenster geguckt und drauf geachtet, dass ich auch genau sehe, wie er die anderen Katzen verprügelt.

Jetzt erschien er mir irgendwie so sanftmütig. »Ach«, sagte er. »Sag der Luci einen schönen Gruß und ich komme die Tage mal vorbei.«

»Meine Leute lassen dich nicht ins Haus, Alter. Und das ist gut so. Dank dir sind wir jetzt nämlich zu neunt.«

Er seufzte tief, streckte sich, gähnte und verließ mein Grundstück. Wenn ihr denkt, das ist es gewesen, dann irrt ihr euch. Luci hatte noch am gleichen Tag ihre ganzen Babys nach oben ins Schlafzimmer von Mama gebracht. Sie hat sie dort in Mamas Bett versteckt, wie immer. Mama hat dann allerdings das Katzenkörbchen hoch gebracht ins Schlafzimmer, die Babys aus dem Bett geholt und in das Körbchen gelegt. Lucifer war ganz dankbar darum.

Die Tür vom Schlafzimmer war immer nur angelehnt. Ich hätte also jederzeit da reingehen können, tat das aber nicht. Ich war schon neugierig, ja. Natürlich! Das waren schließlich meine Nichten und Neffen. Aber Luci fauchte mich jedes Mal an, wenn ich das Zimmer betrat und meinte, ich solle abhauen.

Und eines Tages, die Babys müssen so zwei Wochen alt gewesen sein, saß doch plötzlich der räudige, orangefarbene Kater im Schlafzimmer! Dieser Moritz, wie Tante Nancy ihn immer nannte. Wie der ins Haus gekommen ist, weiß ich echt nicht. Das Wetter war ja schön und bei schönem Wetter steht immer die Tür offen. Aber Mama und Papa waren im Haus, ich hatte im Wohnzimmer auf meinem Sofa gelegen. Wie war der an uns vorbei gekommen? Jedenfalls lag Luci in ihrem Körbchen und säugte ihre Kinder. Das war ein ganz schönes

Geschmatze da in dem Körbchen. Und der räudige Kater saß davor und guckte zu. Er schien echt stolz auf seine Kinder zu sein und strahlte meine Schwester aus vollem Herzen an. Mir fiel auf, dass meine Schwester diese innigen Blicke nicht erwiderte. Zum ersten Mal seit langer Zeit war ich wirklich zufrieden mit ihrem Verhalten.

»Schön sind sie«, sagte der räudige Kater.

»Hm«, meinte Luci nur. »Und anstrengend.«

»Aber wunderschön. Besonders meine zwei Söhne.«

Luci machte einfach die Augen zu und schlief ein. Und plötzlich stand Mama im Zimmer. »Was machst du denn hier?«, fragte sie den orangefarbenen Kater. Er blinzelte sie an und fing an zu schnurren. Das war überhaupt kein gutes Zeichen …

Mama setzte sich aufs Bett und streichelte ihn. Und das war noch viel schlechter!

»Hör mal«, sagte sie. »Du kannst nicht hier bleiben. Du bist eine arme Socke, das weiß ich auch, aber hier gibt es keine Kapazitäten mehr.«

Er schnurrte weiter.

»Hau ab!«, fauchte Luci plötzlich. »Wir füttern dich hier nicht auch noch durch!«

Der orangefarbene Kater zuckte zusammen und rannte so schnell er konnte aus dem Haus. In diesem Moment war ich ein ganz klein wenig stolz auf meine Schwester. Auch wenn ich mir nach wie vor Sorgen um die Menge von unserem Katzenfutter machte. Ihr habt keine Ahnung, welche Mengen eine stillende Katzenmutter verdrückt …

»Was`n los?«, fragte ich ein bisschen belustigt. »Neulich noch große Liebe und jetzt fauchst du ihn an, er soll abhauen?«

Sie gähnte. »Hör mal«, sagte sie. »Zweimal hat er mich geschwängert. Beim letzten Mal hat er mir Stein und Bein geschworen, es könnte nichts passieren, ich würde ja noch stillen und außerdem würde er aufpassen und so. Siehste ja, wie der aufgepasst hat.« Dann seufzte sie. »Außerdem, was soll ich mit einem Kerl, der nur noch mit heißer Luft schießt? Freunde sein, oder was? Ich brauche keine Freunde, mir reicht schon mein Bruder.«

Ich finde ja, dieses Selbstvertrauen, das sie gewonnen hat, seit sie Mutter geworden ist, nicht immer angenehm. Früher war sie immer so lieb und so nett. Und jetzt ist sie voll die Furie.

Kastration – und die Babys spielen verrückt

Die Babys waren ungefähr acht Wochen alt, als Mama verkündete, dass sie nun Kastrationstermine vereinbart hätte für unsere Mädchen. »Und was ist, wenn sie schon wieder schwanger ist?«, fragte Papa.

»Also ehrlich, dann ist es mir diesmal wurscht. Nicht so richtig vielleicht, aber was soll ich denn tun? Irgendwann müssen sie kastriert werden, das geht sonst ewig so weiter.«

»Der Moritz ist ja inzwischen kastriert, vielleicht haben wir Glück und es ist nichts passiert.«

Erst die eine, dann die andere. Luci kam zuerst dran, denn sie war die Ältere. Mama war erleichtert, als die Tierärztin sagte, sie wäre nicht schwanger gewesen. Danach kam Amy dran. Und nun hätte vielleicht wieder Ruhe in dieses Haus einkehren können. Wären da nicht diese fünf Gören gewesen, die uns inzwischen das Leben zur Hölle machten.

Und genau das machten sie. Da es inzwischen auf den Winter zuging, hatte dieser Uwe keine Musikerjobs mehr. Also schon, aber keine mehr, bei denen er ständig unterwegs sein musste. Der Elvis würde also den Winter über nicht mehr zu uns kommen. Wir hätten ihn auch nicht noch zusätzlich brauchen können, da bin ich mal ganz ehrlich. Diese Babys waren außer Rand und Band.

Mama hatte sie inzwischen ins Wohnzimmer geholt. »Ich muss mal wieder nachts ordentlich schlafen können«, sagte sie. Tja, und im Wohnzimmer flippten die Babys total aus. Unsere Mama strickt abends gerne, wenn sie auf dem Sofa sitzt. Dass wir nicht mit der Wolle spielen dürfen, haben wir schon vor langer Zeit begriffen. Es macht auch mit der Zeit keinen Spaß mehr, man wird ja erwachsen.

Aber diese Gören holten sich ein Wollknäuel nach dem anderen und jagten es durch die ganze Bude. Dabei beschränkten sie sich natürlich nicht auf das Wohnzimmer, sondern verteilten das Zeug überall, bis in die Küche. Dann stand meine Mama eines Abends in der Küche und meinte, es würde so komisch riechen. Sie guckte unter den Schrank – und fand darunter ein Katzenbaby. Um genau zu sein, ein Katzenbaby, das da einen dicken Haufen hingesetzt hatte.

»Verflucht noch mal!«, schimpfte Mama. »Das müssen wir dicht machen! Da müssen jetzt endlich mal Fußleisten dran, an diese Einbauküche!«

Wenn Mama sagt, das müssen »wir«, dann meint sie damit, dass Papa das erledigen muss. Die zogen also am nächsten Tag los, in den Baumarkt. Dort kauften sie weiße Holzbretter und Papa war den ganzen Tag draußen auf dem Hof damit beschäftigt, das Zeug zu sägen, zu verschrauben und zu leimen. Ich durfte nicht mitspielen, sehr ärgerlich.

Abends war er dann fertig und brachte die Bretter an der Einbauküche an. »Sehr schön«, lobte Mama. »Hast du auch kontrolliert, dass kein Katzenbaby drunter saß, bevor du die Fußleisten festgemacht hast?«

Papa wurde kreidebleich und ging Kinder zählen. Sie waren alle da, er war erleichtert. Aber damit war das Problem »kackendes Katzenkind« natürlich nicht erledigt. Im Gegenteil! Weil sie in der Küche nicht mehr unter die Schränke kriechen konnten, flitzten sie jetzt durch den Rest des Hauses. Jedenfalls im Erdgeschoss. Mama brachte sie zwischendurch mal wieder nach oben, aber das war sinnlos, wie sie selbst feststellen musste. Die kamen die Treppe ganz locker wieder runter. Waren sie allerdings unten, kamen sie alleine nicht wieder hoch und schrien rum. Es war also leichter, wenn man die Biester unten im Erdgeschoss lassen würde. Im Esszimmer lag ein großer, dunkelroter Kuschelteppich. Zwei Jahre hatte er gut überstanden. Weder Luci noch ich hatten irgendwelche Unfälle darauf verursacht, nicht mal der alte, demente Chico hatte das gemacht. Aber die Babys ruinierten jetzt auch diesen Teppich. »Pass doch mal ein bisschen auf deine Kinder auf!«, fluchte ich irgendwann und funkelte meine Schwester zornig an. »Die ruinieren uns hier die ganze Bude und hinterher heißt es, Katzen sind unsauber!«

»Was soll ich denn machen?«, jammerte Luci. »Ich laufe hinter einem her und sammele es ein, da sind schon wieder zwei andere im Haus unterwegs!«

»Erzieh sie richtig!«, schimpfte ich. »Bei Amy und Tommy mag deine antiautoritäre Erziehung ja geklappt haben, aber diese Biester hier brauchen mal den Hintern voll!«

»Niemals werde ich meine Kinder hauen!«, fauchte Luci. Aber ein paar Sekunden später schlüpfte sie durch das offene Fenster im Esszimmer nach draußen. Amy war nämlich die Treppe runter gekommen. »Kümmer` du dich mal drum!«, rief sie im Rausflitzen noch der armen Amy zu. »Ich kann nicht mehr, ich bin mit den Nerven am Ende!«

Und Amy … also das muss ich ihr lassen, sie war die Geduld in Person. Sie hat die Gören eingesammelt und ins Körbchen gebracht. Sich dazu gelegt. Und hat sie an der Milchbar trinken lassen, obwohl da gar keine Milch drin war. Sie war allerdings auch ein bisschen energischer als ihre Mama, wenn die Kleinen wieder abhauen wollten. Sie hat sie einfach festgehalten. Na also, geht doch! Meine Schwester trieb sich wahrscheinlich draußen rum, um sich einen neuen Freund zu suchen. Ihr Verhältnis mit Moritz hatte sich wahrscheinlich erledigt. Alles war wohl besser als sich um die Kids zu kümmern, nahm ich an.

Nun gut. Eines Tages marschierte hier ein Arbeitskollege von meiner Mama rein. Total netter Kerl. Er brachte seine Frau mit, die war auch unheimlich nett. Und dann saßen die hier stundenlang rum und guckten sich Katzenkinder an. »Keine Ahnung, welche zwei wir nehmen sollen«, seufzte er. »Da ist ja eins hübscher als das andere!«

»Wir könnten die drei Mädchen nehmen«, sagte die Frau. Sie war mir sehr sympathisch!

Dieser Kollege von Mama allerdings – der war mir sehr sympathisch. Die Frau und die Tochter auch. Die saßen hier wieder stundenlang rum, wie beim letzten Mal. Im Gegensatz zum letzten Mal hatten sie dieses Mal allerdings eine große Kiste mit Kram dabei. Alles für uns! Katzenkissen, mit Baldrian gefüllt – herrlich. Dann dieses leckere Knabberzeug, was ich alleine aufkriege, das in so einem Behälter drin ist, der aussieht wie ein Katzenkopf. Ganz viel richtig leckeres Katzenfutter. Und er stellte auch zwei Säcke Katzenstreu hin.

Von ihm wollte die Mama nämlich keine Schutzgebühr. »Bei ihm geht es den Katzen bestens«, hatte ich am Vorabend schon vernommen. »Wenn man da Katze ist, hat man das Paradies auf Erden!«

Nun gut. Ich kann mich erinnern, dass man mir das auch mal versprochen hat, dass ich das hier haben würde. Und was ist draus geworden? Ein Irrenhaus ist das hier!

Allerdings wenden wir uns jetzt mal wieder diesem Kollegen und seiner Frau zu. Die Tochter saß auf dem Boden und spielte mit den beiden Katern. »Wie soll ich mich denn da entscheiden?«, sagte sie. »Die sehen fast gleich aus und sind beide umwerfend lieb!«

»Nimm sie beide«, hörte ich den Kollegen von Mama sagen. »Das ist sowieso besser, wenn die zu zweit sind.«

»Dann bleibt aber ein Mädchen übrig«, sagte die Frau. »Das kann man auch nicht machen.«

»Nö«, sagte der Kollege von Mama. »Wenn die zwei Kater zu unserer Tochter ziehen, dann nehmen wir natürlich alle drei Mädchen, das ist ja wohl klar.«

Könnt ihr euch meine Erleichterung vorstellen? Der Kollege von meiner Mama ging noch mal raus zum Auto und holte eine Transportkiste. Und da packten sie die Babys dann alle rein. Ich war so verdammt froh! Alle weg, mit einem Schlag!

»Kommt uns mal besuchen!«, sagte der Kollege zum Abschied zu Mama und Papa. Die winkten fröhlich hinterher und versprachen, bald zum Kaffee zu kommen.

Es war dann aber immer noch nicht wirklich gemütlich an diesem Tag. Obwohl die Gören jetzt weg waren und es wenigstens wieder ruhig war – jetzt war es Mama, die ungemütlich wurde. Bis an die Zähne bewaffnet mit Putzmitteln, fing sie an, ein Zimmer nach dem anderen gründlich zu reinigen. Papa musste auch ran. Sogar mit diesem Dampfreiniger sind die da dran gegangen. Ich mag das Ding ja nicht, aber gut. Hauptsache, sie machen unser Haus wieder zu einem Ort der Gemütlichkeit.

An diesem Abend war es dann auch endlich wieder schön zu Hause. Alles war fein geputzt. Es lagen auch Tischdecken auf dem Tisch, und Kerzen brannten. Nach einem gemütlichen Abendessen, von dem wir nichts abkriegten, bekamen wir zumindest noch eine ordentliche Portion von diesem unglaublich leckeren Zeug, das der Kollege von Mama mitgebracht hatte.

Wir setzten uns alle auf die Couch und Papa legte eine DVD rein. Die hatten aber nichts davon, weil Mama dann auf dem Sofa einschlief und Papa sich nach oben in sein Zimmer verzog.

In den Tagen darauf hätte es wieder herrlich gemütlich sein können. War es aber nicht. Ich war froh, dass die Gören weg waren. Von Lucifer hatte ich erwartet, dass sie vielleicht rumjammert wegen den Babys, aber sie war erstaunlich ruhig. Sie lag gemütlich auf dem Sofa und seufzte ab und zu vor sich hin. »Herrliche Ruhe«, sagte sie irgendwann. Die einzige, die Theater machte, war Amy. Sie rannte ständig nach oben ins Schlafzimmer und suchte die Kinder. Sie suchte die Kinder auch im Wohnzimmer.

»Reg dich ab, Tochter«, sagte Lucifer irgendwann. »Denen geht es jetzt richtig gut und wahrscheinlich kacken sie in ihrer neuen Familie auch ins Katzenklo und nicht daneben, so wie hier.«

»Die Babys, die Babys …«

Amy hörte nicht auf zu jammern.

»Kannst du mal deiner Tochter sagen, sie soll die Klappe halten?«, raunzte ich meine Schwester irgendwann an. Es hätte ein herrlicher Tag sein können. Die Heizung lief. Im Wohnzimmer war es total gemütlich. Und so wundervoll ruhig.

»Ihr seid so gemein«, schluchzte Amy. »Die armen Kinder.«

Ich beschloss, nicht näher darauf einzugehen. Luci scheinbar auch nicht. Amy trieb dieses Spiel noch tagelang. Irgendwann beruhigte sie sich, aber das dauerte wirklich lange. Frauen sind anstrengend. Kriegen Kinder und statt sie eines Tages ziehen zu lassen, wenn sie soweit sind, heulen sie rum und würden sie am liebsten für immer für sich behalten. Das haben sie sich wohl von den Menschen abgeguckt, die sind auch so. Meine Mama macht auch immer so ein fürchterliches Theater, wenn ihre Söhne kommen.

Pina

Ich mag meine Leute wirklich. Ehrlich. Aber es gibt Tage, da hätte ich wirklich Lust, zur Strafe mal neben das Katzenklo zu machen. Oder woanders hin, irgendwo, wo sie sich richtig drüber ärgern. Ins Bett oder auf die Couch. Aber da liege ich selbst gerne, also würde ich mich ja selbst bestrafen.

Es hätte so schön sein können, als Amy sich wieder beruhigt hat wegen der Babys. Wäre da nicht Mama gewesen, die schon wieder rumgeflennt hat. Sie hat nämlich eine E-Mail von diesem Uwe bekommen. Ihr könnt es euch denken? Der Elvis hat das Zeitliche gesegnet. Und der Elvis war ja bekanntermaßen ein Hund, den Mama abgöttisch geliebt hat. Schon immer, sagte sie. Sie kannte ihn schon, seit er ein Welpe gewesen war. Und als er immer hier zur Pflege war, hatte sie schon öfters gesagt: »Ach Mann, der ist schon so alt … das ist bestimmt der letzte Sommer, den er erlebt.«

Als hätte sie es geahnt. Und dann saß sie eines Tages unten im Esszimmer und heulte. Der Elvis hat wohl einen Schlaganfall gehabt. Dieser Uwe hat sich dann natürlich die ganze Nacht um ihn gekümmert und irgendwann ist dann der Tierarzt gekommen und hat den Elvis eingeschläfert, weil es einfach nicht mehr ging. Das ist entsetzlich traurig, natürlich. Andererseits hatten wir das Thema ja bei Chico schon mal, nicht?

So ist das eben im Leben. Ein Kommen und ein Gehen. Bei euch Menschen ist das übrigens auch so. Deswegen verstehe ich das ja schon, wenn jemand traurig ist. Aber man muss es ja nicht übertreiben.

Jedenfalls heulte sie. Und Papa meinte: »Tja, dann hast du jetzt auch keinen Pflegehund mehr.«

»Doch«, schluchzte sie. »Nur damit du es weißt, ich habe beim Tierschutzverein zugesagt, dass ich eine Hündin in Pflege nehme. Sie wird dann von hier aus vermittelt.«

Papa rollte mit den Augen. Und mir standen vor Schreck die Haare zu Berge. Da denkst du, du hast jetzt endlich mal deine Ruhe, die Gören sind aus dem Haus, alles könnte so schön sein … da heult sie rum. Und dann kündigt sie an, dass ein Pflegehund kommt. Herzlichen Dank, wer weiß, was das nun wieder für ein Viech ist! Warum muss die auch mit diesen Leuten vom Tierschutzverein rumhängen? Weltfrieden! Wo bist du?

Ich machte mich auf das Schlimmste gefasst. Sie erzählte dem Papa, dass Pina – so hieß die Pflegehündin wohl – eine recht große Hündin sei. So wie auch ich, war Papa doch sehr erstaunt. Sie wusste schon genau, wann Pina hier ankommen würde. Sie wusste den Namen schon. Und sie hatte sogar schon ein Foto von ihr. Nicht nur ich stellte mir die brisante Frage: Wann, zum Teufel, hatte sie das schon wieder vereinbart? Und wann wollte sie uns das beichten? Gut, nun war es ja raus. Aber im Grunde ja nur wegen ihrem Geheule um Elvis.

Pina kam schon wenige Wochen später hier an. Es war ein Montag. Ein schwarzer Montag für meine Schwester, für meine Nichte und anfangs auch erst mal für mich. Meine Leute sind gegen Abend losgefahren und haben sie abgeholt. Als sie zurückkamen, habe ich mich wirklich erschreckt. Ich kenne ja meine Mama. Wenn sie Hunde richtig toll findet, dann sind das immer große Hunde. Pina war nicht so groß wie Elvis, aber das liegt daran, dass Elvis einfach ein riesengroßes Monster war. So einen großen Hund kannte ich vorher nicht. Aber Pina war auch ziemlich groß.

Am ersten Abend war mit ihr nichts anzufangen. Sie kam hier rein, lag im Wohnzimmer und zitterte am ganzen Körper. »Ohhh«, vernahm ich von meiner Mama. »Die Arme! Sie hat so Angst!«

»Na«, sagte Papa. »Das war auch ein anstrengender Tag für sie. Bis morgen hat sie sich bestimmt wieder beruhigt.«

Pina lag vor dem Sofa auf dem Boden und zitterte wie Espenlaub. Den ganzen Abend. So sehr, dass meine Mama schließlich eine Wolldecke nahm und sie zudeckte. Man kann es auch übertreiben! Die zitterte ja nicht vor Kälte, sondern vor Angst! So ein Angsthase! Wahrscheinlich hat ihr das vorher keiner gesagt, dass meine Mama völlig bescheuert ist, wenn es um Hunde geht, und sie hier gar keine Angst haben muss!

Ich lag also auf meinem Sofa, guckte diesen zitternden Hund an und dachte mir: Hm … das wird leicht, die wieder rauszuekeln. Außerdem dachte ich: Das kann ja nicht so schlimm werden in den paar Wochen, die sie hier sein wird. Die hat ja mehr Angst als Vaterlandsliebe. Kein Problem also für uns Katzen. Und so ging ich erst mal ins Schlafzimmer, zu meiner Schwester und meiner Nichte und sagte: »Ihr braucht euch nicht zu verstecken. Da unten liegt kein Hund, sondern ein Häufchen Elend. Die hat mehr Angst vor uns als wir vor ihr.«

»Nee«, schimpfte Luci. »Ganz sicher gehe ich da nicht runter, solange dieses Viech hier im Haus ist!«

»Ich auch nicht«, jammerte Amy. Überhaupt, sie jammerte seit Kurzem ständig, fällt mir dazu gerade ein.

Meine Mama schlief natürlich mal wieder im Wohnzimmer. »Damit Pina nicht ganz alleine ist«, erklärte sie. »Das arme Ding, das ist ja alles völlig fremd hier für sie!«

Als ich am nächsten Morgen runterkam, saß meine Mama mit einer Tasse Kaffee auf dem Sofa. Pina saß vor ihr und ließ sich streicheln. Ich wurde überhaupt nicht beachtet. Jedenfalls nicht von Mama. Allerdings von Pina! Pina drehte ihren Kopf nach mir um, sprang sofort auf alle vier Füße und ich … ich hab mich so erschreckt, dass ich einfach abgehauen bin. Und Pina lief mir nach. In meiner ersten Panik dachte ich, ich flitze mal nach oben – da waren wir bisher immer sicher gewesen. Chico war nie nach oben gekommen, der alte Knacker. Und Elvis, auch ein alter Knacker, war auch nie hochgekommen. Vielleicht hatten wir Glück und Pina würde auch nicht die Treppen nach oben flitzen? Und genau so war es. Sie jagte mich bis an den Fuß der Treppe – und dann sah sie mir nach, wie ich elegant die Stufen nach oben erklomm. Schließlich trottete sie wieder zurück ins Wohnzimmer und nach ein paar Minuten hörte ich, wie Mama sagte: »Dann gehen wir beide jetzt mal zusammen raus.«

Also das war nun alles so … ich war natürlich abgemeldet, wie immer, wenn ein Hund in der Nähe ist. Das alleine war nun nicht so schlimm, denn mein Platz ist ohnehin auf dem Schoß von Papa. Der ist da recht beständig, sitzt auch immer in der gleichen Position und er hat lieber mich auf dem Schoß als einen Hund. Aber diese Pina hat natürlich innerhalb von wenigen Stunden begriffen, dass meine Mama nichts mehr liebt auf dieser Welt als Hunde. Gut, ihre Söhne vielleicht, aber die wohnen ja hier nicht mehr. Also hat Pina sich regelrecht an meine Mama rangeschmissen. Mein Dad meinte ja am Anfang noch: »Lass sie nicht auf die Couch, dafür ist sie zu groß. Außerdem, sie wird ja von hier aus in ihre endgültige Familie vermittelt. Vielleicht mögen die Leute das nicht, wenn sie gelernt hat, auf dem Sofa rumzulungern.«

Mama nickte verständnisvoll und natürlich war Pina noch am gleichen Abend auf dem Sofa. Quetschte sich einfach zwischen die beiden, legte ihren Kopf auf Mamas Schoß und fand es total toll, einfach bei meiner Mama zu sein. Dann kam uns ein paar Abende später Tante Nancy besuchen. Wollte sich Pina mal angucken. Gleiches Theater. Kaum setzte Nancy sich aufs Sofa, hing Pina direkt daneben und wollte kuscheln. Tante Nancy war natürlich auch total begeistert. »Was für eine Süße!«, schwärmte sie. »Sag mal, kannst du dich von ihr überhaupt wieder trennen, wenn sie vermittelt ist? Also ich könnte das nicht.«

»Für mich wird es auch schwer«, seufzte Mama. »Pina ist ein absoluter Traum. Gut, sie traut sich nicht die Treppen hoch und sie mag nicht so gerne Auto fahren. Aber das lernt sie alles noch und sonst ist sie einfach traumhaft! Überhaupt nicht aggressiv, total lieb, freut sich über jeden Hund, den sie trifft, mag jeden Menschen, der ihr begegnet … eine ganz liebe Maus.«

»Gibt es denn Interessenten für sie?«, fragte Tante Nancy.

»Noch nicht. Sie sollte sich erst mal einleben und wir haben jetzt erst die Vermittlungsanzeige auf der Seite vom Tierschutzverein veröffentlicht. Man musste ja erst mal ein bisschen was über sie erfahren, was man den Leuten dann erzählen kann. Ist schon wichtig zu wissen, wie sie an der Leine geht und ob sie Katzen mag.«

»Mag sie denn Katzen?«

Mama nickte. »Ja, nur die Katzen mögen sie nicht. Mephisto ist ja da mutiger, der lungert schon seit Tagen wieder hier unten rum. Aber die Mädels wohnen oben. Und da geht Pina nicht hin, sie traut sich nicht die Treppe hoch.« Dann hüpfte Pina wieder rüber auf die andere Couch, zu meiner Mama. Sie warf sich auf den Rücken, mit dem Kopf auf Mamas Schoß und machte ein irrsinnig blödes Gesicht.

»Guck mal, sie lacht!«, rief meine Mama begeistert aus. Lachen Hunde? Wirklich jetzt? Und wenn ja, über was? Also ich meine, gut, ich verstehe es ja. Sie ist ein Tierschutzhund, und sie hat es hier wirklich gut getroffen. Wie ich meine Mama kenne, wird sie Pina auch nur hergeben, wenn sie davon überzeugt ist, dass es ihr bei den Leuten total gut gehen wird. Aber genau das ist das Problem bei meiner Mama. Davon muss sie erst mal überzeugt sein. Und das würde nicht einfach werden, das wusste ich.

=^.^=

Pina im Büro – und Mamas Rücken kaputt

Eines Tages beschloss meine Mama, dass Pina mal mit ihr ins Büro kommen sollte. »Ich arbeite ja nur vormittags«, erklärte sie. »Aber so hat sie die Gelegenheit, mal Auto zu fahren, das muss sie lernen. Und vor allem muss sie einfach mal erleben, dass sie mitgenommen wird. Wir gehen mit ihr immer nur Gassi, im Wald oder unten am Flüsschen. Sie muss auch andere Situationen erleben!«

Mein Dad seufzte. »Also ich finde schon, dass Pina hier den totalen Luxus erlebt«, sagte er. »Sie hat den ganzen Tag den großen Garten für sich. Und zwischendurch macht sie mit uns längere Spaziergänge. Ich glaube nicht, dass sie morgens, wenn du gehst, überlegt, dass sie vielleicht gerne mal mit ins Büro kommen würde.«

Mama zuckte mit den Schultern. »Das überlegt sic bestimmt nicht, aber ich probiere das einfach mal aus. Sie ist so lieb, und unsere Teilnehmer sind immer glücklich, wenn sie mal einen Hund zu Gesicht bekommen.«

Ach ja, Mamas Teilnehmer. Das ist auch so ein Ding. Meine Mama ist ja nicht nur bekloppt, wenn es um Hunde geht, sondern auch, wenn es um Menschen geht. Sie arbeitet bei einem Bildungsträger. Blödes Wort. Die tragen ja keine Bildung durch die Gegend, aber das heißt wohl so. Es ist eine Schule für Erwachsene. Die sollen da irgendwas lernen. Meine Mama macht aber nur die Verwaltung für irgendeine Maßnahme. Was auch immer, sie fühlt sich für die Leute da auch immer verantwortlich. Manche haben Depressionen, hat sie erzählt. Und denen tut es immer gut, wenn mal ein Hund da ist, denn Tiere machen glücklich. Das stimmt nicht so ganz. Katzen machen glücklich. Hunde … anderes Thema. Mich jedenfalls wollte sie noch nie mit ins Büro nehmen und das finde ich einen echten Hammer. Diese Pina kommt hierher, grinst ein bisschen, darf auf die Couch und jetzt sogar mit ins Büro?

Nun gut, das Theater ging schon morgens los, als Mama losfahren wollte. Ich saß an meinem Fensterplatz und beobachtete, wie meine Mama versuchte, Pina zu überreden, ins Auto einzusteigen. Sie wollte nicht. »Lass sie doch da«, sagte mein Dad. Aber Mama schüttelte energisch den Kopf. »Ich habe das beschlossen und das wird jetzt gemacht. Ihr wird es ja gut gehen, ich habe ihre Decke im Auto und einen Knabberknochen, Leckerli und ihre Wasserschüssel … und ich kann auch zwischendurch mit ihr raus gehen. Sie hat jetzt nur Angst vor der Fahrt, das ist alles.«

»Aber sie muss ja auch nicht«, sagte Papa. Ich finde, der Garten und ihre Spaziergänge am Flüsschen oder im Wald – das ist doch genug. Mehr als ein Hundeherz begehren könnte!«

»Du weißt das eh nicht«, sagte Mama. »Du bist ein Katzenmensch, du weißt gar nicht, was Hunde glücklich macht.« Wieder schüttelte sie energisch den Kopf. »Hunde wollen dabei sein und jetzt darf sie mal dabei sein. Sie weiß nur noch nicht, dass sie das alles ganz toll finden wird.«

Sie schaffte es nicht, Pina zu überreden, ins Auto einzusteigen. Also hob sie sie rein und machte den Kofferraumdeckel zu. Für solche Scherze hat sie nämlich genau das richtige Auto – einen Kombi. Da ist hinten ein Schutzgitter drin, sodass Pina nicht nach vorne springen konnte. Ihre Decke lag hinten im Kofferraum und Pina hatte dort einen echt tollen Platz. Jedenfalls stieg meine Mama mit hochrotem Kopf ins Auto ein, nachdem Pina im Kofferraum untergebracht war. »Leicht ist die nicht!«, seufzte sie. Mein Dad kicherte. »Was wird sie wiegen? 25 Kilo? Oder 30 Kilo?«

»Da so rum«, murmelte Mama, und fuhr los. Mein Dad schloss das Hoftor hinter ihr und grinste mich an. »So Mephisto, dann haben wir heute Vormittag das Haus ganz für uns alleine!« Was soll ich sagen? Es war ein herrlicher Vormittag. Auch wenn das gesamte Sofa total nach Pina roch. Ich versuchte das zu ignorieren. Gegen Mittag kam meine Mama dann wieder nach Hause, so wie jeden Tag. Aber etwas war anders. Sie sah ein bisschen gestresst aus. »Blöde Idee war das, sie mitzunehmen«, sagte sie. Sie lief ein bisschen krumm und hielt sich den Rücken. »Warum hast du mir das nicht gesagt?«, fragte sie Papa. Der schüttelte nur den Kopf und lachte. Wahrscheinlich dachte er sich das Gleiche wie ich in diesem Moment. Weil man dir nichts sagen kann, Frau! Weil du dir nichts sagen lässt! Niemals, und von niemandem auf dieser Welt!

»Was ist passiert?«, fragte Papa. Meine Mama öffnete den Kofferraum. Pina sprang raus und war total glücklich, wieder daheim zu sein. Sie flitzte erst mal in den Garten und tobte dort ein bisschen rum. Mama setzte sich im Esszimmer an den Tisch. »Was ist mit deinem Rücken?«, fragte Papa.

»Ich habe mich verhoben.«

»An was denn? Du arbeitest im Büro, an einem Schreibtisch!«

»An Pina.«

Papa lachte. »Ja, sie ist nicht leicht. Wahrscheinlich musstest du sie eben auch wieder ins Auto heben?«

»Ja«, seufzte Mama. »Das auch. Aber heute Morgen musste ich sie Stufe für Stufe nach oben schleppen. Bis in den zweiten Stock.«

Und dann erzählte sie, wie der Vormittag abgelaufen war. Sie war also mit Pina in dem Kaff gelandet, in dem sie arbeitet. Kein Parkplatz vor der Tür, also war sie ein bisschen um den Block gefahren und hat fünf Straßen weiter einen Parkplatz bekommen. Also gut, dachte sie sich. Dann hat Pina gleich noch einen tollen Spaziergang. So, dann sind sie in der Firma angekommen und Pina wollte da nicht reingehen. Sie wollte einfach nicht durch die Tür. Mama hat sie überredet. Dann waren sie erst mal unten, im Erdgeschoss, in der Verwaltung. Pina hat dort alle freudig begrüßt und wurde geherzt und geknuddelt. Alles gut bis dahin. Aber Mama musste ja dann an ihren Arbeitsplatz und sie arbeitet im zweiten Stock.

Da gibt es keinen Aufzug. Sie hatte aber nicht nur Pina dabei, sondern ihre Handtasche. Pinas Decke. Den großen Wassernapf. Und eine Tasche mit Leckerchen und anderem Hundekram. War also total schwer beladen – und Pina stand unten an der Treppe, guckte meine Mama groß an und sagte so was wie: »Ich? Da hoch? Never!!!«

Meine Mama hat also gemacht, was man dann eben machen muss in solchen Situationen. Sie hat erst mal alle Sachen ein paar Stufen nach oben gebracht. Dann hat sie Pina nach oben getragen. Und weil Pina so schwer ist, hat sie sie wohl Stufe für Stufe hochgehoben. Dann war sie bei ihren Sachen angekommen, hat die wieder ein paar Stufen nach oben gebracht. Dann Pina geholt. Und wieder Stufe für Stufe den Hund immer höher gebracht. Bis in den zweiten Stock.

»Zwanzig Minuten habe ich gebraucht!«, jammerte sie. »Und als ich oben ankam, dachte ich, mir bricht gleich der Rücken durch!«

»Und wie kam sie wieder runter? Alleine? Freiwillig?«

Mama starrte Papa an, als hätte er einen Knall. »Natürlich nicht«, sagte sie dann irgendwann. »Mein Kollege hat sie runter getragen.«

Aber zwischen dem Hochtragen und dem Runtertragen hätte Pina sich prächtig amüsiert, erzählte sie. Alle waren begeistert von ihr. Und Pina war total brav – den ganzen Vormittag über. Sie hat auf ihrer Decke gelegen, an ihrem Knochen rumgeknabbert, und zwischendurch hat sie die Kollegen meiner Mama bespaßt.

»Ich geh mal auf die Couch«, sagte Mama. »Hoffentlich lassen die Rückenschmerzen bald nach, ich werde noch wahnsinnig.«

Meine Mama lag übrigens fast eine ganze Woche ganz viel auf dem Sofa rum. Sie ging zwar morgens arbeiten, aber nachmittags tat sich nicht mehr viel, außer den Spaziergängen mit Pina. Und dann fiel schon wieder ein neuer Name: Der »Herr Niedlich«. Sie hängt ja immer mit diesen Tierschutzleuten rum. Die sind ja auch alle bei Facebook. Und da hat jemand das Foto vom Herrn Niedlich gepostet. Sie zeigte das meinem Dad total aufgeregt und meinte: »Guck mal. Der sieht aus, als müsste er zu mir!«

Mein Dad wurde kreidebleich. »Hör mal, Pina, die noch nicht vermittelt ist, vier Katzen … meinst du nicht …?«

»Ich meine gar nichts!«, sagte sie. »Aber guck doch mal …«

Und sie hielt ihm wieder dieses Ei-Ding hin, dieses Smartphone, auf dem ein Foto von einem total kleinen Hund zu sehen war. »Der ist noch ein Baby und der braucht ein Zuhause. Du, ganz ehrlich, das ist der Traumhund, auf den ich gewartet habe!«

»Sie können nicht alle hier wohnen. Pina ist noch …«

»Pina ist bald vermittelt.«

»Dein Wort in meinem Ohr. Bisher hat sich keiner für sie interessiert.«

»Sie ist ja auch erst seit ein paar Tagen auf der Tierschutz-Webseite gelistet. Das kommt schon noch.«

Mein Papa seufzte. Ich seufzte. Meine Schwester und meine Nichte wohnten immer noch im oberen Stockwerk und hielten sich da quasi raus. Und ich überlegte ganz ernsthaft, ob es hier in Deutschland irgendeine Stelle gibt, an die man sich als Kater wenden kann, wenn man der Meinung ist, seine Menschen haben einen Knall. Ich hab mal eine Sendung im Fernsehen gesehen, da hatten zwei Leute immer Streit. Zuerst haben die gezeigt, wie uneinig und unharmonisch die miteinander umgegangen sind. Dann kam ein Pädagoge dazu und hat veranlasst, dass die wieder normal miteinander reden. Und dann hat er dem einen Menschen klar gemacht, dass er manchmal nicht ganz sauber tickt. Ich habe es leider vermasselt, mir die Kontaktdaten aufzuschreiben. Aber es muss ja wohl irgendjemanden geben, der meiner Mama mal ins Gewissen redet und ihr klarmacht, dass das hier Katzenland ist, oder? Dass Hunde hier unerwünscht sind! Dass mein Weltfrieden in ernster Gefahr ist?

Die Aktionen um Pinas Vermittlung – und immer wieder der Herr Niedlich!

Pina war gerade mal vier Wochen hier, da riefen die ersten Leute für sie an. Also das lief irgendwie so, wenn ich das richtig verstanden habe: Im Grunde haben die Leute erst mal beim Tierschutzverein angerufen und sich da informiert. Dann, wenn die vom Tierschutzverein der Meinung waren, dass das nette Leute sind, haben sie unsere Telefonnummer weiter gegeben. Dann haben die Leute hier angerufen und sich lange mit Mama unterhalten. Dann haben die sich getroffen, zusammen mit Pina. Und dann gingen die Leute weg und wir haben nie wieder was von denen gehört.

So war das einige Male. Mein Dad hat meine Mama verdächtigt – nicht ganz zu Unrecht – dass es wieder mal so läuft wie mit Amy und Tommy. Nämlich dass ihr wieder keiner gut genug ist. »Sie muss in eine Familie, in der es ihr noch besser geht als hier bei uns«, erklärte Mama. »Sie darf sich nicht verschlechtern.« Man kann es auch übertreiben, oder? Es war vereinbart, dass sie nicht bleibt und nun war sie schon wochenlang da! Für meinen Geschmack hätte es ja gereicht, wenn da jemand gewesen wäre, der gesagt hätte: »Ich nehme die.« Aber nein. Wir reden ja hier über meine Mama. Und die suchte natürlich nach einem Königreich für Pina. Als ob ich mein Königreich bekommen hätte! Die erzählen so was immer, aber die Realität ist sowieso immer anders! Am Ende muss man ja doch gucken, wo man bleibt!

Nun gut. Die erste Frau die kam, war eine ältere Dame. Die hat immer ganz viel rumgeschluchzt, weil sie erst ein paar Tage vorher ihren alten Hund verloren hatte. »Das war mein alter, großer Bär!«, heulte sie, als sie mit Mama bei einer Tasse Kaffee zusammensaß. »Er war riesig groß und ich wohne alleine mit meiner Tochter, wir haben ein großes Grundstück und ich habe nachts immer Angst. Ich brauche einen Wachschutzhund.«

»Gut!«, sagte Mama. Und sie schaute nach Pina, die inzwischen im Esszimmer das alte Sofa stehen hatte und sich darauf räkelte. Wir haben nämlich ein neues Sofa bekommen. Ich dachte natürlich, das alte steht jetzt für uns Katzen im Esszimmer. Also für mich. Notfalls hätte ich es auch mit Amy und Luci geteilt. Aber natürlich hat Pina es sofort für sich in Beschlag genommen. Pina war jedenfalls alles, nur kein Wachschutzhund. Mama nannte sie immer ihre »Kampfschmuserin«. Das sagt ja alles, oder?

»Sie ist halt ein bisschen klein«, seufzte die Dame.

»Ja, das stimmt«, sagte meine Mama. Ich dachte, ich höre nicht richtig. Pina war fast so groß wie ein ausgewachsener Schäferhund, reicht das nicht?

»Mein alter Bär war ein richtiger Riese. Und der hat wirklich aufgepasst.«

»Pina passt nicht auf«, erklärte Mama. »Sie freut sich über jeden der kommt.«

Ich dachte wirklich, die hat einen Knall!

Mama ging dann noch eine Stunde mit der älteren Dame spazieren – zusammen mit Pina. »Ach ich weiß nicht«, seufzte die Frau nach dem Spaziergang. »Sie ist ein freundlicher, toller Hund. Aber ich glaube nicht, dass sie mir das Gefühl geben kann, dass ich sicher bin.«

»Nein«, sagte meine Mama. »Das wird sie nicht können. Sie ist kein Wachhund.«

Und damit hat sie übrigens glatt gelogen. Pina passte nämlich schon verdammt gut auf, wer hier reinkam und sie guckte sich die Leute ganz genau an. Wenn wir abends im Wohnzimmer saßen und jemand ging auf der Straße vorbei, stand sie immer auf, guckte am Fenster und manchmal knurrte sie auch. Als Mama dann abends meinem Dad erzählte, wie das erste Vermittlungsgespräch gelaufen war, guckte der genauso ungläubig. Dann sagte er: »Also sie ist ein ganz toller Hund, und ich kann auch verstehen, dass du an ihr hängst und sie gut vermittelt wissen willst. Aber …«

»Da gibt es kein Aber«, fiel sie ihm ins Wort. »Pina ist ein Familienhund. Die Frau war sowieso enttäuscht, weil sie dachte, dass Pina viel größer ist. Und sie will einen Wachhund. Am Ende vermitteln wir sie da hin und dann muss sie immer draußen im Garten bleiben. Oder sie bringt sie mir nach ein paar Wochen zurück. Wer weiß das schon? Sie ist eine Kampfschmuserin und braucht einen Platz in der Familie. Im Haus. Und jemanden, der abends mit ihr auf dem Sofa schmust.«

Papa seufzte, zuckte mit den Schultern und ging hoch in sein Zimmer. Er sieht das schon richtig. Gegen »Sie« kommst du nicht an. Echt jetzt. Es ist so. Wenn sie was will, dann macht sie das so, wie sie das will. Und will sie was nicht, dann passiert das einfach nicht. Mit Argumenten musst du da gar nicht kommen. Auf dem Ohr ist sie völlig taub.

Die nächsten Leute die kamen, waren ein jüngeres Pärchen. »Die sehen aber nett aus!«, sagte meine Mum, die sie schon vom Fenster aus gesehen hatte. Dann ging sie raus in den Hof, nahm Pina an die Leine. »Wir gehen ein Stück spazieren!«, sagte sie total freundlich. Als sie wieder zurückkam, erzählte sie Papa, wie der Spaziergang gelaufen ist.

»Sie sind total nett, wirklich. Und sie würden Pina auch lieben, das ist klar. Aber Pina müsste dann in einer Wohnung von 45 qm im dritten Stock leben. Also ich weiß nicht…«

Abends telefonierte sie dann mit der Frau vom Tierschutzverein und ich hörte deutlich, wie die sagte: »Nee, also du hast schon Recht, Pina muss sich verbessern. Ich glaube auch nicht, dass eine kleine Wohnung das Richtige für einen Hund dieser Größe ist.«

Und schon wieder war es geritzt – Pina blieb. Für mich sah es fast so aus, als würde sie für immer bleiben. Für Papa glaube ich auch. Der rollte nur mit den Augen. Und meine Mama guckte sich jeden Tag in ihrem Handy das Foto vom Herrn Niedlich an. So zwei, drei Mal die Woche zeigte sie es auch immer mal meinem Dad. »Guck doch mal … der Herr Niedlich.«

»Ja«, sagte Papa immer nur. »Wir könnten aber auch Pina behalten. Mach doch Nägel mit Köpfen. Du hängst an ihr.« Und dann ging er nach oben.

Mama guckte mich an. »Wollen wir Pina behalten?«, fragte sie. Was war denn das? Ganz neue Töne in diesem Haus? Sie fragte mich, ob wir Pina behalten sollten? Ich kniff die Augen zusammen und dann sah ich sie sehr eindringlich an. »Nein«, sollte das heißen.

Sie seufzte. »Ich muss halt zugeben, Mephisto, ich wollte erst wieder einen Hund, wenn ich einen sehe, von dem ich sage: Jawoll, das ist mein Hund. Und irgendwie ist mir das mit dem Herrn Niedlich passiert. Ich wollte immer einen Schäferhund und er ist ein Mischling zwischen Schäferhund und irgendwas. Und ich gucke mir die Fotos und Videos an und denke: das ist er. Das ist mein Kleiner. Der will zu mir.«

So was erzählte die mir hier! Und dann seufzte sie wieder. »Aber Pina habe ich natürlich auch schrecklich lieb. Sie hängt so an mir und jetzt muss ich sie weggeben.«

Ja, musst du! Das war der Deal! Von Anfang an hieß es: Das hier ist nur eine Pflegestelle – sozusagen ein Zwischenstopp auf dem Weg zu einer Vermittlung für immer! Ich fürchtete mich und ich hoffte sehr darauf, dass mein Dad der Sache Einhalt gebieten würde. Ich sah an diesem Abend auf uns zukommen, dass Pina bleiben würde. Und der Herr Niedlich auch noch dazu käme. Diese Art, wie sie sich immer wieder die Fotos von ihm ansah, und dann dieses laute Seufzen! Genau wie beim Elvis! Ich wusste genau, der würde herkommen, über kurz oder lang! Ich hatte echt keine Lust mehr auf mein Leben, wirklich jetzt!

Aber dann halfen mir die Katzengötter. Ganz bestimmt war das so, ich kann es mir überhaupt nicht anders erklären. Ich schickte nämlich jeden Abend stumme, verzweifelte Hilferufe an das Universum der Katzengötter. Es sah gute drei Wochen lang so aus, als interessiere sich niemand von ihnen für mich und mein Anliegen. Es riefen nämlich immer mal wieder

Leute an wegen Pina, aber Mama fertigte die alle schon am Telefon ab. Einer fragte, ob er den Hund zurückgeben könnte, wenn er mit ihr nicht klar käme. Mama empfahl ihm einen Besuch in der Spielzeugabteilung eines Kaufhauses. »Da gibt es hübsche Stofftiere!«, erklärte sie ihm. »Die fressen nichts, müssen nicht raus und nie zum Tierarzt. Total bequem!« Der Mann knallte zornig den Hörer auf und Mama warf das Telefon ebenso zornig auf den Tisch. »Was für Deppen es gibt!«, fluchte sie.

Tja, aber dann kamen sie, die Leute, gegen die sie sich nicht wehren konnte. Eine sehr nette Frau, mit einem sehr netten Mann und einem total süßen Kind. Also »Sie« fand es süß, ich mag so kleine Dinger ja nicht. Das Baby stand in einer Babywippe auf dem Tisch im Esszimmer, während die hier Kaffee tranken und sich unterhielten.

Mama erfuhr, dass die Leute einen alten Gutshof besaßen. Den hatten sie vor ein paar Jahren gekauft und modernisiert. Sie wohnten also auf dem Land. Und hatten noch ein paar hundert Quadratmeter Grundstück dabei. Pina dürfte im Haus wohnen, mit der Familie, denn die wollten ja einen Familienhund. Die Frau war total verknallt in Pina – und der Mann auch. Das Beste aber war, dass die Frau gleich erzählte, dass sie sich auch ein paar Jahre im Tierschutz engagiert hatte. Sogar im Ausland. Sie hatte da gewohnt. Sie kannte sich aus mit Hunden aus dem Ausland. Alles würde gut werden! Mama besuchte dann diese Leute auch. Zusammen mit dieser Frau vom Tierschutz und mit Pina. Sie suchte in den Krümeln, jedenfalls schloss ich das aus allem, was sie dann abends erzählte. Suchte verzweifelt irgendwas. Fragte die Frau aus auf Herz und Nieren. Und die schien echt Geduld zu haben. Was auch immer. Sie erbat sich dann noch zwei Wochen Bedenkzeit – also die Frau. Zwei Wochen, in denen ich erneut jeden Abend ein stummes, verzweifeltes Gebet an die Katzengötter schickte. Und nach zwei Wochen stand es fest: Pina wurde adoptiert. Mir fiel ein Stein vom Herzen!

Aber nun fragt mich mal, was hier los war, als das feststand, dass Pina am nächsten Tag abgeholt werden sollte. Meine Güte – was für ein Theater! Abends gingen die noch mal mit Pina im Wald spazieren und meine Mama kam total traurig heim. Der letzte Waldspaziergang mit Pina. Beim Abendessen heulte sie, während Pina hinter uns auf ihrem Sofa lag, das eigentlich mein Sofa hatte werden sollen und sich wohl fühlte. Ich setzte mich zu ihr auf die Couch. Eigentlich wollte ich das nicht mehr, denn das roch inzwischen intensiv nach Hund. Aber ich konnte mir das Grinsen nicht verkneifen. Ich starrte sie an und wedelte mit dem Schwanz. »Morgen biste weg!«, sagte ich. Pina guckte mich an und wedelte auch mit dem Schwanz. »Guck mal, sie lacht wieder«, sagte meine Mama zu meinem Dad. »Ja«, sagte er. »Sie wird sich auf den tollen Gutshof freuen, auf dem sie ab morgen wohnen darf.«

»Ich hoffe, sie vermisst uns nicht zu sehr«, sagte meine Mama. »Sie ist jetzt sechs Wochen hier und hat sich doch schon ziemlich an uns gewöhnt. Ich hoffe, die Umstellung ist für sie nicht so schwer.« Und wieder standen ihr die Tränen in den Augen. Ich hingegen blieb dabei: Ich starrte Pina an und sagte ihr alles, was mir so durch den Kopf ging. Nämlich dass ich echt froh war, dass sie morgen abhauen würde. Dass ich sie sowieso nicht leiden konnte. Dass sie stinkt, nach Hund eben. Und für uns Katzen riecht das nun mal nicht gut. Wie meine Mum das immer schafft, die an sich zu drücken und abzuknutschen, das werde ich nie verstehen. Doch echt, ich freute mich auf den Moment, wenn sie abgeholt würde. Inzwischen stank ja meine Mama auch total nach Hund. Sie duscht ja täglich und benutzt immer gutes Parfüm. Aber das hilft nix, der Hund ist für einen Kater von Welt nicht zu überriechen und ich mag den Geruch halt nicht.

Tja, und dann … die Nacht verging für meine Mama wie im Flug – während ich natürlich die Stunden zählte. Meine Mama stand morgens schon heulend auf, aber es half ihr ja nix – sie musste zur Arbeit. Als sie gegen Mittag heimkam, schnappte sie sich Pina und ging noch mal mit ihr in den Wald. »Der endgültig letzte Spaziergang!«, heulte sie. Um vier Uhr kam die Frau vom Tierschutzverein. Sie tröstete meine Mama, aber die war nicht zu trösten. Ein paar Minuten später kamen auch die Leute, die Pina adoptiert hatten und natürlich war dieses Babyding auch wieder dabei. Mama bat sie rein, stellte ihnen auch was zu trinken hin, aber dann schnappte sie sich ihre Zigaretten und setzte sich raus auf die Terrasse, um dort in Ruhe zu heulen. Die Frau vom Tierschutzverein saß mit den Leuten in unserem Esszimmer und regelte das Vertragliche.

Ich setzte mich auf den Tisch draußen, direkt neben meine Mum und guckte sie die ganze Zeit an. »Heul nicht rum!«, sagte ich. »Endlich wird hier wieder Ruhe einkehren!« Aber sie beachtete mich gar nicht. Und als die Leute dann gingen und Pina mitnahmen, machte sie noch ein riesiges Gedöns. Die Schmusedecke sollten sie nicht vergessen. Und ihr Stofftier. Und überhaupt. Herrje, echt! Man kann es auch übertreiben!

Und dann heulte sie den ganzen, restlichen Nachmittag. Und den Abend. Und als sie endlich aufhörte zu heulen, guckte sie meinen Dad an und meinte: »So, damit du es weißt, ich adoptiere den Herrn Niedlich.« Mein Dad schnappte nach Luft, aber nicht nur er. Ich auch! Und bevor er was sagen konnte, sagte sie: »Pass auf, Pina ist ein absoluter Schatz. Und ich habe sie überhaupt nur hergegeben, weil ich die ganze Zeit den Herrn Niedlich im Kopf hatte. Ich schreibe jetzt eine Mail und sage dem Verein, dass ich ihn gerne adoptieren möchte. Einverstanden?«

Und was sagt mein Dad? »Naja. Wenn ich jetzt nein sage, habe ich verschissen, oder?«

Weichei! Warum kannst du nicht ein einziges Mal nein sagen? Ich brülle hier ständig »nein«, aber mich versteht ja keiner! Ich bin dagegen, ich bin dagegen, ich bin dagegen! Verflucht noch mal!

Der Herr Niedlich

Ich glaube, ich brauchte gute zwei Wochen, um mich wieder einigermaßen zu beruhigen. Es war Anfang Dezember. Vor Februar oder März würde der Herr Niedlich überhaupt nicht kommen. Der wohnte nämlich in der Türkei. Da war auch Pina hergekommen, möglicherweise haben die zwei sich sogar gekannt. Aber aus der Türkei, so erfuhr ich, dürfen Hunde erst ausreisen, wenn sie sechs Monate alt sind. Der war aber erst drei Monate alt. Und mich hielt die Hoffnung aufrecht, dass da vielleicht noch was dazwischenkommen könnte. Der Herr Niedlich könnte vom Tierschutz weglaufen. Er könnte gefressen werden. Meine Mama saß regelmäßig am Rechner und brüllte alle paar Tage mal total entzückt: »Guck mal, ein neues Video vom Herrn Niedlich!« Ich guckte mir das natürlich auch an, den Feind muss man schließlich genau studieren! Und neben dem Herrn Niedlich sah ich ständig andere Hunde. Riesig große Hunde. Kangals sind das, sagte meine Mama. Wirklich riesige Untiere. Der Herr Niedlich saß daneben und kam mir ziemlich klein vor im Vergleich. Wahrscheinlich ist es ein Leichtes für so einen Kangal, so einen Herrn Niedlich zu fressen. Haps und weg, einfach so. Kein Herr Niedlich mehr. Und Ruhe in diesem Haus. Meine Mum ist zwar völlig bescheuert, wenn es um Hunde geht. Aber sie verknallt sich nicht so oft so sehr, dass sie meint, ein Hund müsse hier einziehen. Wenn der Herr Niedlich nun von einem dieser Kangals gefressen würde, gäbe es vielleicht wieder für eine Weile Ruhe. Damit wäre zwar das Hundeproblem nicht endgültig aus der Welt, aber man kann ja immer nur die aktuellen Probleme lösen.

Meine Hoffnungen schienen sich aber nicht zu erfüllen. Es gab fast jede Woche ein neues Video vom Herrn Niedlich. Nebendran immer diese riesigen, aber offensichtlich vollkommen unfähigen Kangals. Es wäre wirklich ein Leichtes gewesen, das kleine Dingelchen zu fressen, aber nee! Mit der Zeit wurde der Herr Niedlich immer größer. Die Kangals wirkten im Vergleich daneben nicht mehr ganz so riesig. Aber ich glaube, die waren immer noch ein ganzes Stück größer als der Elvis.

An dieser Stelle sollten wir mal über türkische Wirtschaftsflüchtlinge reden. Ich habe mich genau informiert. In der Türkei sind Hunde nicht so beliebt. Aber da gibt es offensichtlich schöne Hotels und so, denn meine Mama war schon dort und kam total erholt und begeistert zurück. Das eine hat mit dem anderen vielleicht auf den ersten Blick nichts zu tun, aber: Ich habe das so verstanden, dass deutsche Menschen, wenn sie in die Türkei fliegen, dort Urlaub machen wollen. Sie erholen sich, hängen am Pool rum oder am Strand, gehen abends aus und tanzen. Vorher essen sie noch mal ordentlich, und überhaupt, essen scheint im Urlaub ganz wichtig zu sein. Meine Mama hat erzählt, sie war frühstücken, mittags war sie in der Strandbar zum Mittagessen. Nachmittags war sie Kaffee trinken und dazu gab es jede Menge Gebäck und Süßigkeiten. Abends gab es dann Abendessen vom Feinsten. Und Süßigkeiten zum Dessert. Dazwischen hing sie im Liegestuhl rum, guckte aufs Meer oder las ein Buch. Und ganz oft war sie auch im Meer. Sie sagt, das ist die türkische Riviera, soll angeblich total toll sein. Also ich konnte das verstehen, dass sie begeistert zurückkam, das klingt ja alles nach mächtig viel Erholung.

Nun gibt es aber in der Türkei so eine Frau, die den ganzen Tag rackert. Und zwar für Hunde. Ja, für Katzen auch, aber meist geht es wohl um Hunde. Sie fährt also durch die Gegend, füttert die, und sie sammelt die ein, die noch nicht kastriert sind. Dann lässt sie die kastrieren und bringt sie wieder zurück. Es wird immer gesagt, dass das ein gutes Mittel ist, um das Elend zu minimieren. Da gebe ich ihr ja Recht. Hunde, die erst gar nicht geboren werden, landen auch nicht hier bei uns, von daher in Ordnung.

Das Problem ist nur, dass die nicht nur Hunde kastrieren lässt, sondern auch die einsammelt, die irgendwie verletzt sind.

Oder Welpen, die keine Mama mehr haben. Und nicht nur das: Die Menschen denken ja immer, wir Tiere würden uns nicht miteinander unterhalten, aber das stimmt nicht. Es hat sich jedenfalls unter den Hunden rumgesprochen, dass diese Frau ein riesiges Herz für sie hat und darüber hinaus auch noch in einem Verein ist. In diesem Verein sind noch viel mehr Leute, vorwiegend so durchgeknallte Frauen wie meine Mama, oder sogar noch bescheuerter. Die fliegen immer mal rüber, helfen dieser Frau mit der vielen Arbeit, oder sie fliegen hin, weil sie einen Hund adoptieren wollen. Was in meinen Augen ja nichts anderes ist als illegales Einschleusen von Wirtschaftsflüchtlingen.

Dann haben die so eine Facebookseite, oder ich glaube, das ist eine Gruppe. Und immer, wenn jemand von denen einen Hund adoptiert hat, geht das Gedöns los. Dann werden ständig Bilder gepostet, mit Herzchen und Küsschen und überhaupt – die spinnen doch alle! Und alle, die einen Hund adoptiert haben, quasseln da regelmäßig miteinander. Zeigen sich die Fotos von ihren Hunden und sind total stolz drauf. Verstehe ich sowieso nicht, aber davon abgesehen, jede von denen meint, sie hätte den allerbesten Hund adoptiert.

Jetzt habe ich mich verzettelt – ach so, ja. Ja, wir Tiere sprechen auch miteinander! Und deswegen ist das überhaupt kein Wunder, dass die Wirtschaftsflüchtlinge miteinander reden und sich gegenseitig auf diese Tierschützerin aufmerksam machen. Das scheint so zu laufen: »Hey, hast du Kohldampf und weißt du nicht, wo du pennen sollst? Dann geh mal dort hin. Das ist da und da. Die kümmert sich um dich.«

»Ach echt?« Und wenn sie mir das Tor nicht aufmacht? Ich habe gehört, da wohnen manchmal sechzig Hunde und noch ganz viele Katzen. Manchmal sagt sie, sie hat keinen Platz mehr, was mache ich dann?«

»Dann bleibst du einfach vor dem Tor sitzen und wartest geduldig. Irgendwann lassen sie dich rein.«

So in der Art scheint das zu laufen, und dann machen sich die Hunde auf den Weg zu dieser deutschen Tierschützerin. Manche von denen sind auch ganz dreist und klettern einfach über die Mauer, schwupps, sind sie drin. Und was da drin ist, darf bleiben oder wird adoptiert.

Warum kann diese Frau nicht einfach das machen, was alle deutschen Touristen in der Türkei machen? Urlaub? In einem schicken Hotel? Nein, die musste sich da ein Grundstück kaufen mit einem Haus und Hunde retten! Hunde, die dann früher oder später adoptiert werden und manchmal dann halt auch bei uns landen. Ich will die hier nicht haben! Sie stören meinen Weltfrieden! Und sie sind was sie sind, nämlich Wirtschaftsflüchtlinge! Mir kann keiner erzählen, in der Türkei gäbe es nix zum Essen, denn meine Mama wog vier Kilo mehr, als sie aus dem Urlaub kam, und sie hat nur vom Essen erzählt! Gut, ein bisschen auch vom Strand und vom Meer, aber die Mampferei da muss echt luxuriös gewesen sein.

Der Herr Niedlich jedenfalls saß da mittendrin und in der Tierschutzgruppe hieß es immer: »Er ist einer der Glücklichen, die ausreisen dürfen, weil sie eine Familie gefunden haben.« Was mich an dieser Sache ärgert ist, dass keiner die Familien fragt, ob sie damit einverstanden sind. Mein Dad traut sich nicht, einfach mal nein zu sagen, weil er weiß, dass meine Mum ihn dann für immer hassen wird. Meine Schwester hängt auf dem Sofa rum, pechrabenschwarz, lässt die Zunge raushängen – das sieht man bei schwarzen Katzen ganz besonders gut, und es sieht extrem blöd aus – und zuckt mit den Schultern. Meine Nichte Amy läuft an mir vorbei und sagt: »Du, stell dich mal nicht so an, du bist sowieso asozial!« Und mein vehementes »nein« interessiert hier keine Sau!

So hat sie also den Herrn Niedlich adoptiert und wir müssen das schlucken. Im Gegensatz zu den blöden, riesigen Kangals dort in diesem Tierschutz, die den gar nicht schlukken wollen, obwohl sie sich an dem bestimmt satt essen könnten.

Nun gut. Meine Mama zitterte und bebte mit jedem neuen Video, das sie bekam. Und dann quietschte sie immer mit dieser verdammt hohen Stimme:«ohguckdochmalwiesüßd erist….« Ich kann das schon mit der Rechtschreibung, also nicht falsch verstehen! Aber wenn meine Mama so rumquietschte, hörte sich das immer an wie ein einziges Wort!

Meine Mama zählte die Wochen runter. Noch zwölf Wochen. Noch elf Wochen. Noch zehn Wochen. Und so weiter. Und dann musste ein Name gefunden werden.

»Der wird groß!«, erklärte sie meinem Dad. »Und Herr Niedlich ist zwar niedlich, aber das ist kein guter Name für einen Hund. Also für einen großen Hund. Er braucht einen prägnanten Namen, aber es muss auch ein cooler Name sein.«

Nach viel hin und her einigten sie sich auf »Jackson«. Der Herr Niedlich würde also Jackson heißen. Und nein, nicht nach Michael Jackson, den ich persönlich ganz gerne höre. Sondern nach dem Jackson aus der Lieblings-Fernsehserie meiner Mama: Sons of Anarchy. Obwohl sie eigentlich auf »Chibs« steht in dieser Serie. »Aber man kann seinen Hund ja nicht Chibs nennen«, erklärte sie. Da denken alle an Kartoffelchips.«

Noch neun Wochen … verfluchter Mist. Es nervt mich. Genau wie mich Tommy nervt, mein Neffe. Aber davon mehr im nächsten Kapitel.

Tommy zieht aus

Reden wir mal über meinen Neffen Tommy. Ihr wisst schon, Amys Bruder. Das Katzenbaby, das meine Mama behalten hat. Sie ist ja völlig verrückt nach Tommy. Das war von Anfang an so und das hat mich auch von der ersten Minute an geärgert. Als Amy und Tommy noch Babys waren, hatte sie die ständig am Wickel. Sie schläft ja oft im Wohnzimmer, weil sie Schlafstörungen hat. Sagt sie. Aber manchmal vermute ich, sie will sich nur von den Viechern nicht trennen. Tommy und Amy jedenfalls haben sie, als sie noch Babys waren, nachts immer belagert. Das ist insofern eine Unverfrorenheit, weil im Bett meiner Mama eigentlich mein Platz ist – oder sein müsste. Dabei spielt es überhaupt keine Rolle, ob sie auf der Couch pennt oder in ihrem Schlafzimmer im Bett. Wo meine Mama schläft, da schlafe auch ich. So will es das Gesetz, ich bin hier der Kater und damit der Platzhirsch. Ich habe den Herrn Schrödinger vertrieben, und damit habe ich bewiesen, dass ich hier der Chefkater bin.

Als die Gören auf die Welt kamen, hatte ich schon den üblen Verdacht, dass sich das ändern könnte. Meine Nichte Amy ist ganz okay. Ich gebe zu, ich habe eine gewisse Schwäche für sie, jedenfalls seit sie kein Baby mehr ist. Als Baby war sie die absolute Pest, wie alle Katzenbabys eben. Hatte nur Blödsinn im Kopf. Da könnt ihr mal meinen Dad fragen, der würde das bestätigen. Ich kann mich noch gut erinnern, sie war so etwa zwei Wochen alt, da nahm meine Mama sie in die Hand, zeigte sie meinem Dad und sagte: »Guck mal, wie süß die ist!« Amy guckte unseren Dad an – und fauchte ganz fürchterlich. Mein Dad weist immer noch bei jeder Gelegenheit darauf hin, dass das Erste, was Amy zu ihm gesagt hat, total fies war. Aber mit jeder Woche, die Amy älter wurde, wurde sie auch vernünftiger. Und als es um die Schlafstätte meiner Mama ging, habe ich ihr klar gemacht: »Pass auf du. Du kannst dich ans Fußende legen. Und da bleibst du. Dann sind wir beide Freunde!« Was soll ich sagen? Sie hat sich dran gehalten. Sie macht das heute noch, dass sie am Fußende liegt. Sie knetet da auch nicht rum, weil sie gemerkt hat, dass meine Mama das nicht mag. So alles in allem ist Amy das, was meine Mama eine total soziale, liebe Katze nennt. Also völlig katzenuntypisch. Amy hat sich auf die Menschen in diesem Haus eingestellt und nicht geschnallt, dass es eigentlich umgekehrt zu laufen hat. Wenigstens hat sie kapiert, dass sie zu bestimmten Uhrzeiten um Essen schreien muss. Wenn drei Katzen laut schreien weil sie Hunger haben, ist das auf jeden Fall wirksamer, als wenn nur ich laut schreie.

Tommy hingegen war mir von Anfang an ein Dorn im Auge, das muss ich schon sagen. Schon als er drei Monate alt war und meine Mama irrsinnigerweise beschloss, dass er auch hier bleiben sollte, war mir klar: Der wird mal größer als ich. Dann ist er natürlich noch der Sohn von diesem räudigen, roten Kater. Ich vermute da schlechte Gene, auf jeden Fall aber einen aggressiven Charakter. Der Apfel fällt nicht weit vom Stamm, das wissen wir ja wohl. Tommy war fast schwarz, aber er hatte weiße Pfoten. Damit sah er seinem Vater zwar nicht ähnlich, aber wenn man genau hinguckte, hatte er das gleiche Gesicht. Wäre er rot gewesen, dann hätte man deutlich gesehen, wer sein Vater ist. Den Roten habe ich übrigens nach seiner Kastration auch von meinem Hof verjagt. Nachdem er seine Eier verloren hatte, war er gar nicht mehr so stark.

Zurück zu Tommy. Im Gegensatz zu meiner Nichte Amy blieb Tommy nicht am Fußende im Bett. Nein, er kuschelte sich immer direkt neben sie und legte seinen Kopf auf den Hals meiner Mama. Habt ihr schon mal Menschen schnurren hören? Normalerweise machen nur wir Katzen sowas! Aber wenn Tommy sich so zu meiner Mama kuschelte, fing die an zu schnurren. Echt jetzt! Irgendwie fand sie das schön. Ich habe Tommy also von dort vertrieben, ihn ans Fußende gescheucht – und mich selbst da hingelegt. Bei mir hat sie aber nicht geschnurrt, sondern geschimpft. Und dann hat sie mich verscheucht.

Tommy hat mich ausgelacht. »Du bist selbst schuld!«, sagte er. »Wenn du dich da hinlegst, dann knetest du vorher immer noch rum. Das mag sie nicht.«

Ich versuchte es also in der kommenden Nacht noch einmal. Ich legte mich direkt neben meine Mama, legte meinen Kopf auf ihren Hals, fing an zu schnurren – und das ganz ohne Kneten. Allerdings bin ich ein Pedant. Wenn die Bettdecke nicht zurechtgeknetet ist, kann ich nicht einschlafen. Also habe ich dann doch sanft geknetet – mit dem Ergebnis, dass sie wieder schimpfte. Und Tommy lachte mich erneut aus, bevor er sich selbst da hinlegte.

In der nächsten Nacht legte ich mich da wieder hin – und diesmal verzichtete ich wirklich auf die Kneterei. Es war verdammt ungemütlich in diesem nicht zurechtgekneteten Bett, das kann ich euch sagen! Aber was tut man nicht alles für seinen Weltfrieden, hm? Ich knetete also nicht. Aber ich dachte mir: »Bevor sie mich wieder verscheucht, halte ich mich lieber an ihr fest.« Und so kam es, dass ich sie liebevoll umarmte. Möglicherweise habe ich meine Krallen dabei ausgefahren. Und möglicherweise waren ihr die ausgefahrenen Krallen direkt an ihrem Hals ein bisschen unangenehm. Ich wurde also schon wieder verscheucht. Kurz nachdem ich von meinem Platz geflogen war, legte sich Tommy da hin und meine Mama fing an zu schnurren.

Ich beschloss also, mir diesen frechen Kerl vom Hals zu schaffen. Immer wenn er mir im Haus begegnete, beschimpfte ich ihn und erklärte ihm, dass ich ihn fertig machen würde. Egal wo er sich aufhielt, ich verscheuchte ihn. Und er, noch ein Jungkater, ließ sich verscheuchen. Ganz nach Darwin dachte ich mir damals: Natürliche Auslese. Ich erinnerte mich durchaus an meine Zeit als Jungkater. Zu dieser Zeit hat ja der Herr Schrödinger noch hier gewohnt. Ich hatte mich nicht einschüchtern lassen! Im Gegenteil: Ich habe dem Herrn Schrödinger von Anfang an klar gemacht, dass ich hier die Herrschaft übernehmen würde! Und er hat angemessen reagiert und sich respektvoll zurückgezogen.

Es ist natürlich nicht so, dass ich mich respektvoll zurückgezogen hätte, wenn Tommy ein durchsetzungsfähiger Kater wäre. Nein, das hätte ich nicht getan! Aber möglicherweise hätte ich ihn respektiert und ihn hier sein lassen. Da Tommy aber bereits als Jungkater ganz deutliche Zeichen von Angst zeigte, wenn er mir begegnete, war mir klar: Den würde ich rausekeln. Für so eine Memme ist in diesem Haus schlichtweg kein Platz.

Ich drohte ihm also. Egal, wo ich ihn traf. Und er rannte vor mir davon und legte sich woanders hin. Lag er auf dem Sofa, genügte ein Blick und er haute ab. Saß er auf Mamas Schoß, hüpfte ich einfach auch drauf – und Tommy verzog sich. Auf Papas Schoß traute er sich erst gar nicht, weil da sowieso meist ich lag. Und was das Bett meiner Mama betrifft: Okay, sie mochte es nicht, wenn ich mich an sie kuschelte. Es mag am Kneten gelegen haben, an meinen Krallen oder was auch immer – sie verscheuchte mich. Aber Tommy lag da auch nicht mehr, und dafür sorgte ich. Es genügte ein Blick und er verdrückte sich wieder. Zuerst ans Fußende, zu Amy. Aber auch dort habe ich ihn nach einigen Tagen verjagt. Und schließlich machte ich ihm klar, dass er nicht mehr ins Haus darf.

Tommy wohnte seit diesem Tag draußen. Meine Mama war stinksauer, denn inzwischen war es Winter. Aber Tommy wollte nicht mehr reinkommen. Er übernachtete im Anbau oder er schlief unter dem Auto. Er kam auch zum Fressen nicht mehr rein, also stellte sie ihm immer Futter raus. Das fand ich besonders ungerecht, denn wenn sie ihm draußen was hinstellte, musste ich immer drin bleiben, bis Tommy gefuttert hatte. Schließlich begann es zu schneien. Mama heulte, als sie ihren heißgeliebten Tommy draußen im Schnee sitzen sah. Sie fluchte rum, holte Tommy schließlich rein und nahm ihn mit hoch in ihr Büro. Dort war es warm. Und da steht übrigens auch eine Couch. Die aus dem Esszimmer, auf der Pina immer gelegen hat, hatten sie auf den Sperrmüll gestellt. Sie war alt. Die im Büro war eigentlich auch so ein Lieblingsplätzchen von mir – aber kaum war Tommy drin, durfte ich nicht mehr ins Büro. Das ist insbesondere deswegen ein Problem gewesen, weil ich ja inzwischen angefangen hatte, mein Buch zu schreiben. Dafür musste ich an den Rechner. Aber ich wurde ausgesperrt.

Eines Tages aber vergaß sie die Tür zu schließen. Ich schlüpfte rein. Tommy hob sofort den Kopf, stand auf und wich zurück. Und dann bekam er Durchfall und rannte davon. Meine Mama regte sich tierisch auf und brüllte mich an. Ich verstand das überhaupt nicht. Hatte ich jetzt etwa meinen Durchfall auf ihrem Sofa im Büro fallen lassen? Oder war das nicht eher ihr kleiner Liebling Tommy gewesen? Warum war sie nun auf mich sauer?

Soll ich das mal abkürzen? Mache ich. Ich könnte euch jetzt noch hundert Geschichten darüber erzählen wie ich ihn überall verjagt habe. Ich habe ihn auch vom Hof gejagt. Draußen war es kalt und ich verscheuchte ihn immer wieder. Mama holte ihn immer wieder rein. Aber wenn er mich sah, machte er sich total platt auf dem Boden und verlor Durchfall vor lauter Angst. Ein Schisser im wahrsten Sinne des Wortes.

Und schließlich kam meine Mama eines Tages heim und erzählte meinem Dad: »Ich habe ein schönes Zuhause für Tommy gefunden. Er kann hier nicht bleiben. Es ist bitterkalt, Mephisto lässt ihn nicht rein und er verscheucht ihn ja sogar vom Hof oder aus dem Anbau.«

»Hm«, sagte mein Dad. »Das ist bestimmt besser für Tommy.« Dann sah er mich an. »Eigentlich sollten wir dich weggeben, du Assi!«

Meine Mama hatte Tränen in den Augen. Ich fand ja, dass sie sich ein bisschen anstellte, aber so war sie eben. »Das wird ja nicht besser. Mephisto akzeptiert ihn nicht, Tommy hat

Panik, wenn er ihn nur sieht. Er ist jetzt noch jung und wird sich schnell umgewöhnen. Ich halte das nicht aus, jeden Tag zu sehen, wie Tommy draußen sitzt und sich nicht rein wagt. Und das jetzt im Winter!«

Und dann erfuhr ich, wo Tommy demnächst wohnen durfte. Bei einer Teilnehmerin meiner Mama. Eine alleinstehende Frau, die sonst keine Tiere hat. Die auch nur diesen einen Kater will. Und sich in Tommy total verknallt hat. Die ohne mit der Wimper zu zucken die Schutzgebühr für den inzwischen kastrierten Tommy bezahlt hat. Und die meine Mama noch wochenlang anrief, um ihr immer wieder zu erzählen, wie gut sich Tommy bei ihr machte und wie sehr sie ihn liebte.

Ich kam ein wenig ins Grübeln, zumal es nur noch vier Wochen waren, bis der Herr Niedlich, beziehungsweise Jackson, hier einziehen würde. Was mein Dad da eben gesagt hatte, erinnerte mich an das Königreich, das man mir versprach, das ich aber nicht bekam. Das Königreich, das scheinbar immer nur die kriegen, die sich von mir hier verjagen lassen. Der Herr Schrödinger wohnt immer noch bei der Frau Altmeyer und genießt da seine Stellung als Kronprinz. Sobald ich diesen Hof betrete, maunzt er ganz laut. Dann kommt die Frau Altmeyer sofort raus und verjagt mich. Ich hab aber durch das Fenster geguckt und alles gesehen: Sein Luxus-Katzenklo. Und wie er vor ihr auf dem Tisch saß und von ihr gestreichelt und gefüttert wurde. Während ich mir hier mit Amy und Luci mein Essen teilen muss. Und noch schlimmer: Ständig mit Hunden zu tun habe!

Und jetzt Tommy. Erfolgreich vergrault, aber mit welchem Ergebnis? Schon wieder einer, der nun ein Königreich ganz für sich alleine hat! Aber ich habe mir gemerkt, was man machen muss, wenn man vermittelt werden möchte. Also entweder sucht man sich einfach selbst jemanden, bei dem man sich wohl fühlt und wo man dann einfach bleibt. So wie der Schrödi das gemacht hat. Oder man tut total verängstigt, macht sich platt auf dem Boden wie eine Flunder und kackt seinen Angst-Durchfall irgendwo hin. Letzteres entspricht allerdings nicht meiner Art. Ich würde mich schämen, mich so schwach zu zeigen, ehrlich. Vielleicht sollte ich mal mein Revier ausweiten und ein paar Straßen weiter ziehen. Möglicherweise findet sich da eine nette, alleinstehende Dame, die mich liebt und mich zu ihrem Kronprinzen macht. Und dann können die sich hier so viele Hunde anschaffen, wie sie wollen – das ist mir dann einfach piepegal!

Herr Niedlich zieht ein

Diese neun Wochen Wartezeit auf den Herrn Niedlich gingen ja ratzfatz um. Ich versuchte durchaus, die Zeit bis dahin noch ein bisschen zu genießen. Tommy war weg, hier lebten nun nur noch meine Schwester und meine Nichte. Solche Ruhephasen muss man nutzen, besonders wenn man hier wohnt. Bei »ihr«. »Er« ist ja nicht so bescheuert. Ihm hätten die drei Katzen gereicht. Und »Sie« nahm mir das mit Tommy irgendwie ein bisschen übel. »Warte nur!«, drohte sie mir. »Der Herr Niedlich frisst dich zum Frühstück!«

Und dann war es soweit. Eines schönen Tages im Februar 2015. Meine Mum fuhr weg – und als sie zurückkam, hatte sie diesen riesigen Herrn Niedlich dabei. Als der das Haus betrat, sprang ich erst mal auf die Kommode im Esszimmer. Sicher ist sicher! Luzi rannte verzweifelt nach oben. »Ohgottogotto-gott!«, rief sie. »Schon wieder ein Hund!« Amy war neugierig, aber sie ist ja so ein Mamakind. Ich sage ja, meine Schwester hat sie gnadenlos verwöhnt und verweichlicht. Sie lief ihrer Mutter natürlich hinterher.

Der Herr Niedlich wurde hier reingeführt wie ein kleiner Prinz. Und überhaupt, ich muss euch ja mal erzählen, was die alles gekauft haben in den letzten Wochen. Also erstens mal ein totales Super-Luxus-Hundebett. Mehr als einen Meter breit, und als der Herr Niedlich sich reinlegte, meinte meine Mum: »Da muss er wohl noch reinwachsen.« Und mein Dad meinte: »Ja, wird er schon, wenn ich mir die Pfoten so ansehe…«

Jede Menge Spielzeug haben sie ihm gekauft. Und Stofftiere. Der Herr Niedlich kapierte gleich am ersten Abend, dass das sein Luxus-Hundebett ist, auch wenn es nach mir roch, denn ich habe es selbstredend ausprobiert. Es ist aber so, dass ich mich darin nicht so wohl gefühlt habe. Es war viel zu groß. Und es lag im Wohnzimmer, zwischen dem Tisch und dem Fernseher. Da sitzt du ja total auf dem Präsentierteller! Nicht schön!

Hunde mögen sowas aber scheinbar. Der Herr Niedlich hat sich also gleich reingelegt und erst mal geschlafen. Meine Mum sagte, dass er in den nächsten Tagen bestimmt noch viel schlafen wird. Weil er neu ist und die Hunde schlafen ihre Aufregung wegen der Umstellung weg, hat sie gesagt. Aber das kann ich euch sagen, die haben sich dann Abendessen gemacht und sich im Wohnzimmer damit hingesetzt. Da stand der Herr Niedlich, der ja eigentlich nun Jackson heißt, natürlich sofort parat. Und hat gebettelt! Ganz massiv sogar! Meine Mum hat gelacht, weil er so groß ist und weil er ganz mühelos ein Stück Wurst vom Tisch schnappen konnte. Das hätte ich mich mal wagen sollen!

Aber ich muss es ihnen lassen, also hauptsächlich meiner Mum: Konsequent war sie ja mit ihm. Sie hat ihn immer wieder vom Tisch weg geholt, in sein Hundebett geführt – und dann musste er da liegen und warten, bis die fertig gegessen haben. Mit dem Sofa war sie natürlich nicht konsequent, aber das konnte man sich ja denken, oder? »Der darf aber nicht aufs Sofa!«, sagte mein Dad.

»Natürlich nicht!«, sagte meine Mum. Aber nur wenige Tage später lag er neben ihr auf dem Sofa, mit dem Kopf auf ihrem Schoß – und ließ sich streicheln. »Hatten wir nicht ausgemacht, dass der Hund nicht aufs Sofa darf?«, fragte mein Dad. Er sah ein bisschen genervt aus und ich warte ja immer, dass er irgendwann mal explodiert. »Ja, hatten wir«, sagte meine Mum. »Und was ist das?«, fragte mein Dad. Und wie sie nun mal ist, guckte sie ihn nur an und sagte: »Der Hund auf dem Sofa. Aber nicht so richtig, die Hälfte von ihm liegt ja auf mir.«

Wie immer hat mein Dad einfach aufgegeben. Es bringt halt einfach nichts, mit ihr zu diskutieren.

Meine Mum schlief natürlich wieder mal im Wohnzimmer. »In der ersten Zeit ist das sicher besser«, erklärte sie. »Er muss sich ja noch eingewöhnen.« Und dann guckte sie mich an. »Für dich wäre es übrigens gesünder, wenn du freundlich bist zum Herrn Niedlich«, sagte sie. »Der wird nämlich hier bleiben und nicht vergrault, so wie du das mit Tommy gemacht hast. Und wenn du dich nicht benimmst, bist du derjenige, der auszieht, verstanden?«

Ich hüpfte auf ihren Schoß und sah sie total lieb an. »Ich?«, sagte ich. »Ich hab gar nix gemacht!«

Wie auch immer, ihr könnt euch vorstellen, es ging hier wirklich nur noch um den Herrn Niedlich. Allerdings – ich muss zugeben, der Herr Niedlich war völlig anders als Pina zum Beispiel. Ich war ja der erste von uns dreien, der sich überhaupt ins Wohnzimmer wagte. Der Herr Niedlich saß in seinem Luxus-Hundebett und guckte mich neugierig an, aber er blieb ruhig liegen.

»Ach guck mal, der lächelt!«, rief meine Mum, und guckte meinen Dad an. »Das wird gut funktionieren mit den Katzen, das sieht man doch jetzt schon!«

Ich warf ihr einen verächtlichen Blick zu und ging dann nach oben, zu meiner Schwester und meiner Nichte. Die saßen auf Mamas Bett und schlotterten vor Angst. »Ihr könnt ruhig runterkommen«, sagte ich. »Macht euch drauf gefasst, dass er groß ist. Wahrscheinlich wird er auch noch viel, viel größer werden, er hat nämlich riesige Pranken. Aber er liegt in seinem Hundebett und wedelt mit dem Schwanz. Ich weiß inzwischen, dass Hunde, wenn sie so was machen, Freundlichkeit signalisieren wollen. Der tut euch nichts.«

»Meinste?«, fragte Luci misstrauisch. Und Amy, meine kleine Nichte, auf die ich in diesem Moment sogar ein bisschen stolz war, guckte total entschlossen, und meinte: »Ich geh mir den jetzt mal näher ansehen.« Und dann rannte sie die Treppe runter ins Wohnzimmer. Ich lief ihr nach. Luci lief auch die Treppe runter. »Meine Tochter!«, jammerte sie. »Er wird meine Tochter fressen!«

Und als wir beide ins Wohnzimmer kamen, sahen wir Amy am Luxus-Hundebettchen stehen. Sie schnupperte an diesem Herrn Niedlich. Der schnupperte auch an ihr und wedelte immer noch mit dem Schwanz. Also traute auch ich mich ran und als Luci das sah, traute sie sich auch ran. »Harmlos«, sagte Luci irgendwann und legte sich auf die Couch, um sich da zusammen zu rollen. »Harmlos«, stimmte Amy ihr zu und legte sich neben ihre Mama. »Hm«, dachte ich, und rollte mich auf Papas Schoß zusammen. Und der Herr Niedlich, nun Jackson Niedlich, schnaufte mal ganz tief und rollte sich in seinem Luxusbett zusammen.

Das allerdings fand ich einen Hammer. Im ganzen Haus gibt es kein einziges Katzenkörbchen. Das mag auch daran liegen, dass wir uns da nie reingelegt haben. Irgendwann haben sie die Dinger weg geräumt, weil sie ohnehin nur rumstanden. Betten und Sofas sind viel bequemer. Dass aber der Herr Niedlich so ein Luxus-Hundebett bekommt, was unser Wohnzimmer deutlich verkleinert – das ist ja wohl der Gipfel.

=^.^=

Die irdischen Güter meiner Mum

Meine Mum ist kein besonders materieller Mensch. Sie sagt immer, das Geld muss reichen, um zu leben, mehr nicht. Wenn eine CD kaputt geht oder eine Schallplatte – dann stört sie das nicht besonders. Wenn ich was runterwerfe und es zerbricht, ist das auch nicht schlimm. Sie verleiht oft Sachen und kriegt nur die Hälfte zurück, aber da zuckt sie meist nur mit Schultern. Wenn es aber was gibt, was meiner Mama wichtig ist, dann ist das ihr Auto. Sie sagt, damit muss sie zur Arbeit kommen. Und ihre Schuhe sind ihr wichtig, denn ohne Schuhe kann sie nicht arbeiten fahren. Und ein paar Klamotten braucht sie auch. Genau genommen steht sie total auf Schuhe und Klamotten, so wie alle Frauen. Das lernt man schnell in diesem Haus: Krallen weg vom Auto, von Schuhen und Klamotten. Von Schallplatten übrigens auch, aber da ist es unser Dad, der sich aufregt, wenn wir da dran gehen.

Warum ich das erzähle? Nun, ganz einfach. WIR wissen das, also Luci, Amy und ich. Der Herr Niedlich allerdings weiß das nicht. Und damit kann man doch arbeiten. Ich hatte das schon kapiert, dass ich freundlich zum Herrn Niedlich sein muss, sie war ja wirklich eindringlich genug gewesen, unsere Mama. Aber der Herr Niedlich war noch jung, erst sechs Monate alt. Er musste noch viel lernen. Das sind so Dinge, die muss man nur in die richtige Richtung lenken – und dann kann man sich zufrieden zurücklehnen und einfach nur beobachten und genießen.

Meine Mama macht so was ja auch. Wenn sie genau weiß, wie etwas enden wird, sagt sie immer: »Ich hole mir jetzt einen Klappstuhl, eine Tüte Chips und ein Bier und genieße die Show!«

Und genauso machte ich das jetzt auch. Der Herr Niedlich bekam Knochen, an denen er rumknabbern konnte. Meine Mum sagte, der bräuchte so was für seine Zähne. Eines Abends, als sie schlief, lag er im Flur und zwar genau neben ihren Schuhen. Ich setzte mich neben ihn und guckte ihn an. »Die sind lustig«, sagte ich ihm. »Besonders wenn man drauf rumknabbert.«

Ich weiß nicht, ob er mich verstanden hat, aber diese Schuhe hat er zerlegt, und zwar ganz gründlich. Noch in der gleichen Nacht. »Meine Schuhe!«, brüllte meine Mum, als sie am nächsten Morgen aufstand und sich einen Kaffee holen wollte. Der Herr Jackson Niedlich guckte sie treuherzig an und sie schimpfte mit ihm. Aber ein paar Minuten später lachte sie schon wieder und streichelte ihn. Ich war wirklich verdutzt, ich hätte nicht gedacht, dass sie sich so schnell damit abfindet, ein paar Schuhe weniger zu haben.

Allerdings beobachtete ich voller Neugier von meinem Sofaplatz aus – manchmal auch von der Kommode im Esszimmer – wie der Herr Niedlich ein paar Schuhe nach dem anderen zerlegte. Meine Mum schrie mit jedem Paar zerlegter Schuhe ein bisschen lauter auf als beim letzten. Sie räumte ihre Schuhe dann auch ständig weg, allerdings passierte es in den darauf folgenden Wochen immer wieder mal, dass sie doch irgendwo welche stehen ließ. Und ich konnte mich diesbezüglich hundertprozentig auf Jackson verlassen: Er fand sie alle. Und er zerlegte sie auch alle. Weil sie immer so laut schimpfte, wenn sie ihn mit Schuhen erwischte, gewöhnte er sich an, die Dinger mit raus in den Garten zu nehmen.

Ich bin ihm gefolgt und habe mich schlapp gelacht. Der Herr Jackson Niedlich dachte wahrscheinlich, dass dieser Garten, also eigentlich unser Garten, der Familiengarten, seiner ist. Sein ganz persönlicher Spielplatz. Da lag sein riesiger Knochen, daneben eine große Stoffmöhre, die meine Mum ihm zum Spielen gekauft hat. Außerdem lagen da noch jede Menge Socken, die er geklaut hatte. Ich konnte mich erinnern, dass meine Mum noch einen Tag vorher völlig verzweifelt mit ungefähr 100 einzelnen Socken am Tisch gesessen hatte, um sie zu sortieren. »Das kann doch nicht sein, dass bei der

Hälfte aller Socken der zweite fehlt?«, hatte sie völlig ratlos vor sich hingemurmelt. »Ich sage dir, die Waschmaschine frisst Socken«, sagte mein Dad.

»Du könntest ja auch mal gucken, ob du passende findest!«, motzte sie. »Warum muss ich immer Socken sortieren?«

»Weil ich so was nicht sehe«, erklärte ihr mein Dad. Für mich sind das alles schwarze Socken und ich sehe nicht, welche zusammenpassen.«

»Da sind auch blaue Socken dabei«, erklärte sie ihm.

»Eben«, sagte mein Dad. »Und ich sehe nicht mal, ob die schwarz oder blau sind.«

»Es fehlen wirklich viele zweite Socken, das kann doch nicht sein?«, seufzte sie.

Tja, wäre sie mal in den Garten gegangen, dann hätte sie die alle gefunden! Da lagen aber nicht nur Socken rum, sondern auch Schuhe. Es dauerte übrigens nicht lange, nur ein paar Tage, bis sie das alles fand.

»Ist nicht wahr!«, sagte sie zu meinem Dad. »Guck mal, der hat sich hier seinen ganz persönlichen Spielplatz eingerichtet!« Sie lachte. »Hier sind die ganzen Socken!« Sie hob die Socken auf und seufzte schließlich wieder. »Naja. Nun kann ich die Gegenstücke dazu auch wegwerfen. Die sind alle hin, völlig zerfetzt.«

Und der Herr Niedlich tobte durch den Garten und freute sich, dass wir alle draußen waren. Klar, es war ja auch schönes Wetter! »Oh nein!«, hörte ich sie schließlich. »Meine nagelneuen Ledersandaletten!«

Ja, sie hatten etwas weiter weg gelegen von seinem persönlichen Spielplatz und das Gras war ziemlich hoch, sodass sie die Schuhe nicht gleich auf Anhieb gesehen hatte. Sie hielt die zerfetzten Sandaletten mit zwei Fingern hoch. »Meine nagelneuen Sandaletten!«, fiepte sie, und sie schnappte deutlich nach Luft. »Die habe ich mir extra fürs Büro gekauft und ich hatte sie nicht mal an!«

»Siehste!«, sagte mein Dad. »Hättest du sie mal lieber gleich getragen, dann hättest du noch was davon gehabt.« Er lachte, und wenn ihr mich fragt: Es klang ein bisschen hämisch. Im gleichen Moment heulte sie los. »Und meine Turnschuhe! Er hat Sandaletten aus meinen neuen Turnschuhen gemacht!«

Jetzt musste mein Dad wirklich laut lachen. Sie hielt mit spitzen Fingern die Turnschuhe hoch, die sie erst eine Woche vorher gekauft hatte. Turnschuhe, die sie übrigens nur zum Gassi gehen mit dem Hund gekauft hatte. Er hatte ihre Sandaletten zerfetzt, aber zum Ausgleich hatte er tatsächlich Sandaletten aus ihren Turnschuhen gemacht: Bei beiden Schuhen hatte er vorne ziemlich gleichmäßig alles abgeknabbert.

»Lustig!«, sagte mein Dad. »Da hast du doch jetzt perfekte Sommerschuhe, ich weiß gar nicht was du willst …«

Meine Mum warf ihm einen ganz bösen Blick zu. »Mich musst du nicht so böse angucken«, lachte mein Dad. »Ich war das nicht.«

Am gleichen Tag noch beschlossen die beiden, den Fliederbaum zu beschneiden. Schließlich war schönes Wetter, der Sommer stand vor der Tür und man musste auch mal im Garten irgendwo anfangen, etwas zu tun. Meine Mum stand also mit der Baumschere am Fliederbaum, bis sie plötzlich mit dem rechten Fuß in einem Loch versank und sich fast auf die Nase gelegt hätte.

»Das gibt es doch nicht, der hat ja den ganzen Garten links gemacht!«, sagte sie. »Das sehe ich jetzt erst, er hat überall Löcher gebuddelt!« Sie seufzte. »Na, Jackson, daran müssen wir aber arbeiten …«

Die Liste der Dinge, die Jackson so anstellte, auch wenn er jetzt wieder wie ein Wilder durch den Garten tobte und meine Mum schon wieder lachte, wurde immer länger – und das stellte ich mit Genugtuung fest. Inzwischen hatten vier Paar Schuhe dran glauben müssen, jede Menge Socken, und der ganze Garten war voller Löcher. Dabei war der Herr Jackson Niedlich erst ein paar Wochen hier! Ich wusste, der würde noch Ärger kriegen, und ja, das freute mich!

In den nächste Wochen passierte aber noch mehr und ich beobachtete das Ganze sehr belustigt. Meine Mum ist lernfähig. Ihre Schuhe räumte sie also ab diesem Tag immer schön weg. Sie hatte sich inzwischen mehrere Paar neuer Schuhe gekauft. »Ich hatte ja keine mehr!«, sagte sie.

»Da draußen ist ein ganzer Schrank voller Schuhe!«, erinnerte mein Dad sie.

»Das sind alles Stiefel, aber jetzt kommt der Sommer. Ich brauche leichte Sommerschuhe. Also ich brauchte welche, jetzt habe ich ja wieder genug.« Es schien mir fast so, als wäre sie sehr zufrieden, als sie ihre – insgesamt fünf Paar – neuen Schuhe in den Schrank räumte. »Hast du gesehen, Jackson?«, sagte mein Dad zum Hund. »Deine Mum hat dir neue Spielsachen gekauft!«

»Hetz ihn nicht auf!«, rief sie aus dem Flur.

Nun gut, an Schuhe kam er nicht mehr ran, aber: Jetzt entdeckte er ihre BHs. Die fand er ganz toll, warum auch immer. Jedenfalls kann ich mich an einen wunderschönen Morgen im Mai erinnern, als sie zur Arbeit musste und einen BH suchte – aber keinen fand. Bis sie ins Hunde-Luxusbett guckte. Da lagen fünf Stück drin. Allerdings war keiner davon mehr tragbar. Völlig zerfetzt!

Seufzend zog sie einen an, den sie eigentlich in die Wäsche tun wollte und fuhr zur Arbeit. Abends wusch sie Wäsche. »Glücklicherweise habe ich ja noch ein paar in der Wäsche«, erklärte sie meinem Dad. Sie hängte sie über Nacht zum Trocknen auf den Wäscheständer. Und Jackson holte sie runter, einen nach dem anderen, schleppte sie in sein Luxus-Hundebett – ihr merkt schon, dass ich ein Problem damit habe, dass er so ein Bett bekommen hat, ja? Nun ja, jedenfalls machte er sich dann daran, die ganzen BHs genüsslich zu zerknabbern. Als meine Mum am nächsten Morgen aufstand und die Dinger fand, fluchte sie laut. »Verdammt noch mal! Was soll ich denn jetzt anziehen?«

Sie wühlte in ihrem Schrank, fand aber nur noch ein Bikini-Oberteil. Das zog sie an, ein Shirt drüber und fuhr erst mal in den nächsten Klamottenladen, um sich neue BHs zu kaufen. »Gut gemacht«, lobte ich Jackson. »Ich muss dich überhaupt nicht vergraulen, du sorgst schon selbst dafür, dass du vermittelt wirst.« Jackson wedelte mit dem Schwanz und hechelte. Das war dieser Blick, bei dem meine Mum immer behauptet, er würde lachen.

Nur wenige Tage später ertönte der nächste Schrei. Sie hatte vor Kurzem ziemlich lange Zeit im Schlafzimmer verbracht. Klamotten sortieren, das war die Erklärung. Herausgekommen war dabei ein kompletter großer, blauer Sack mit Klamotten, die sie nicht mehr tragen konnte. »Zu klein geworden!«, erklärte sie meinem Dad. Unter anderem lagen in diesem Sack auch jede Menge BHs. Die hat sich Jackson auch geholt. Bestimmt 20 BHs, alle zerfetzt und säuberlich im Schlafzimmer verteilt. Meine Mum sammelte fluchend die Fetzen ein und stopfte sie in einen Müllsack.

Und es dauerte wieder nur wenige Tage, bis er den Vogel so richtig abgeschossen hat: Meine Mum ging in ihr Arbeitszimmer. Das liegt neben ihrem Schlafzimmer. Jackson lag dort auf dem Bett und wedelte mit dem Schwanz, als er sie sah. Sie legte sich zu ihm aufs Bett, kuschelte mit ihm – und dann ging sie rüber und setzte sich an den Rechner. Und nur eine Stunde später wollte sie nach Jackson sehen. Sie stand also auf, lief ins Schlafzimmer …

Also ich selbst, ich hatte die ganze Zeit im Flur gelegen, direkt vor der offenen Schlafzimmertür, und ich habe natürlich gesehen, was Jackson dort angestellt hat. Nach der Schmuserei mit ihm war meine Mum ins Büro gegangen. Er aber war vom Bett gehüpft, hat sich die zwei Kopfkissen und die Bettdecken vorgeknöpft – und hat alles gnadenlos zerfetzt. Ich habe ihm dabei seelenruhig zugesehen und mir gedacht:

Warte nur. Wenn sie DAS sieht, macht sie Frikadellen aus dir … Aber was soll ich sagen? Meine Mama und ihre Hunde!

Meine Mama geht ins Schlafzimmer, guckt sich verdutzt um – und der Herr Niedlich sitzt mitten in den Flusen und Federn, ist total albern drauf, und hat sogar noch Federn am Maul hängen und auf dem Kopf. Und meine Mum?

Die fängt an zu lachen und kriegt sich kaum noch ein. Ruft unseren Dad. »Guck dir das an!«, lacht sie und sackt schließlich lachend in sich zusammen, liegt auf dem Boden, hält sich den Bauch und brüllt: »Ich kann nicht mehr! Guck mal, wie dusselig der aus der Wäsche guckt mit den Federn auf dem Kopf!«

Ich weiß, dass ihr an materiellen Gütern nicht viel liegt. Aber andererseits: Sie braucht ihre Schuhe, ihre BHs und natürlich auch ihre Bettdecke und ihr Kissen. Was muss dieses Hundeviech noch alles anstellen, damit sie endlich sauer ist auf ihn?

Nee ehrlich, ihr könnt mich jetzt ruhig für fies und gemein halten, aber diese Ungleichbehandlung hier in diesem Haus, die stinkt mir einfach. Ich habe Schrödinger vergrault, ja. Und Tommy auch, ja. Dafür hat sie jetzt zwei Esser weniger, das sind ungefähr 30 Dosen Katzenfutter im Monat, die sie nicht kaufen muss. Im Grunde könnte sie mir dankbar sein, aber die Wahrheit ist: Sie nennt mich ihren »Assi-Kater«. Ist sauer auf mich, schubst mich vom Bett, wenn ich es liebevoll zurechtkneten will und flippt total aus, wenn ich sie liebevoll mit meiner Kralle am Hals streicheln will. Aber dieser verflixte Hund, der zerfetzt ihre Schuhe, ihre BHs, ihr Bettzeug – und sie lacht?

Erklär mir einer bitte diese merkwürdige Frau!

Ich konnte mich an diesem Abend nicht mehr beherrschen. Bis zu diesem Abend habe ich mich wirklich zurück gehalten, ja! Aber damit war jetzt Schluss! Als sie also abends schön versammelt im Wohnzimmer saßen und ihre verdammten Serien guckten, der Hund natürlich auf dem Sofa und zwischen ihnen, mit seinem Kopf auf dem Schoß meiner Mama … Ja, ich bin ein bisschen ausgeflippt. Ich bin in sein Luxusbett gehüpft, habe drin rumgescharrt und als sie mich auch wirklich alle angeguckt haben, habe ich das gemacht, was ich schon längst hätte tun sollen: Ich habe diesem Hund gezeigt, was ich von ihm halte. Von ihm und seinem Luxusbett. Ich habe reingepinkelt, und zwar im Stehen und ich habe ihn dabei total wütend angeguckt. Und ich habe so lange und so viel gepinkelt wie schon lange nicht mehr.

»Das gibt es doch nicht, was macht der da?«, brüllte meine Mum.

»Ich würde sagen, er pinkelt dem Herrn Niedlich was«, sagte mein Dad, und er musste ein bisschen schmunzeln.

»Der kann doch nicht …!«

Sie stand auf. »Hast du das gesehen?« Fassungslos guckte sie mich an. Sie war echt stinksauer und ich suchte mal lieber das Weite. »Der hat das ganze Bett vollgepinkelt!«, schimpfte sie. »Hör mal, das war jetzt aber wirklich aggressiv, oder etwa nicht?«

Sie funkelte meinen Dad an. »Ja, war es«, stimmte er ihr zu.

Gut erkannt, Meister! Du hast es ja gesehen und jetzt lerne daraus! So macht man das, wenn man zeigen will, dass man mit etwas nicht einverstanden ist! Mit deinem freundlichen »hm« kommst du bei diesem Frauchen nicht weiter!«

Meine Mum hat das Hundebett natürlich wieder fein gewaschen, sogar mit dem Dampfreiniger bearbeitet und es ihrem Liebling wieder hingestellt. Ich musste also zu ganz anderen Mitteln greifen.

Eines schönen Mittags fiel mir ein, wie begeistert er ihre Kissen und Decken zerfetzt hatte. Ich guckte mir also das Hundebett noch mal etwas genauer an und stellte fest, dass es ähnlich gearbeitet war wie diese Decken und Kissen, mit denen die Menschen immer schlafen. Also krallte ich mich ein bisschen rein, machte ein kleines Loch und zog daran. Jackson lag drin und guckte ziemlich neugierig, was ich da mache.

Ich zeigte ihm das Füllmaterial, das man durch das Loch gut sehen konnte. Gut, ich hatte auch ein bisschen was davon nach draußen befördert.

Ich bin einfach gut. Ich habe diesen Hund durchschaut. Jackson ist voll drauf reingefallen, das Spielkind. Er hat an diesem Nachmittag sein Hundebett komplett zerfetzt. Allerdings habe ich auch nun angefangen, mich damit abzufinden, dass er nie wieder ausziehen würde, denn auch das mit dem Bett hat sie akzeptiert. Er bekommt nur noch Decken. Meine Mum hat gesagt, wenn er etwas älter und vernünftiger ist, bekommt er wieder ein Hundebett. Und das sage ich euch, wenn ich dann kein Katzenbett bekomme, das mindestens genauso hübsch und bequem ist – dann geht das Spiel von vorne los, dafür werde ich sorgen!

Die Isolde und andere Verehrerinnen

Als ich anfing mein Buch zu schreiben, und die ersten drei Kapitel fertig hatte, sagte meine Mum: »Mephisto, wenn du Bücher verkaufen willst, brauchst du Fans. Die findet man bei Facebook. Du brauchst eine eigene Seite bei Facebook.« Sie kennt sich mit so was echt gut aus. Es ist halt so, dass ich einfach ziemlich gerne bei meiner Mum im Arbeitszimmer bin. Sie arbeitet vormittags irgendwo, wo sie Mäuse dafür bekommt, dass sie da jeden Tag hinfährt. Aber die Mäuse reichen nicht, sagt sie, weil das nur vormittags ist. Also muss sie nachmittags immer noch mal ran. Sie ist selbstständig und schreibt Texte. Dafür kriegt sie auch Mäuse, sagt sie. Außerdem schreibt meine Mum Bücher. Und wenn sie welche verkauft, kriegt sie auch dafür Mäuse.

Sie sagte, Facebook wäre da inzwischen total wichtig geworden. Sie hat über Facebook mit ihren Auftraggebern Kontakt. Außerdem hat sie unter ihrem Autorenpseudonym eine Seite bei Facebook und sie sagt, das braucht man als Autor. Also habe ich mir dieses Facebook mal etwas näher angesehen. Positiv fand ich ja, dass es dort viele Katzenseiten gibt. Negativ fand ich: Keine einzige dieser Katzenseiten wird von Katzen betrieben. Es sind immer Menschen, totale Katzenfans eben, was ja für einen guten Charakter dieser Menschen spricht, die diese Seiten betreiben. Die posten dann ständig Katzenbildchen und manche sind sogar lustig.

Also wurde mir klar: Ne Facebook-Seite – die brauchst du auch, Mephisto. Und ich konnte es nicht glauben, aber ich hatte ganz schnell sogar schon 100 Fans zusammen.

»Darauf brauchst du dir nix einbilden, Mephisto«, sagte meine Mum eines Abends. »Das sind alles Leute aus meinen Kontakten. Oder denen von deinem Dad.«

Tsss …

Da waren aber wirklich nette Leute dabei, die mich sogar ernst nahmen in meinem Anliegen. Und ich habe Fans, richtige Fans! Da ist zum Beispiel so eine Frau, die fragt mich regelmäßig auf der Seite, wann mein Buch endlich fertig ist. Sie will es nämlich kaufen und lesen. Ich antworte da auch immer ganz brav. Es ist ja in einem Haus, in dem Papa und Mama ständig an den PCs sitzen nicht so einfach, ein Buch zu schreiben. Und einen eigenen Computer wollen sie mir nicht kaufen, sie sagen, ich würde nur die Maus kaputt machen.

Wie auch immer, ich habe sehr schnell festgestellt, dass das Leben als Autor gar nicht so schlecht ist. Meine Seite war gerade mal drei Tage online, da bekam ich die erste Fanpost. Jetzt weiß ich natürlich nicht, ob die Damen ihrem Herrchen gesagt haben, dass er mir schreiben soll, aber Herrchen schrieb mir, dass seine beiden Katzen völlig fasziniert vor dem Bildschirm sitzen und sich meine Fotos angucken. Ich wäre total attraktiv, schrieb er mir, und die Damen kriegen sich kaum noch ein.

»Bilde dir nichts drauf ein, Mephisto!«, wiederholte sich meine Mum. »Das ist im Internet so. Ich bekomme auch ständig Post von irgendwelchen Typen, die ich nicht kenne, die mich aber toll finden. Die Bilder von denen sind meist nicht echt oder schon uralt.«

Uralt? Heißt das etwa, die jungen, hübschen Katzendamen auf den Fotos sind in Wahrheit schon uralt, am Ende sogar hässlich und dick? »So in etwa«, sagte meine Mum. »Ich könnte dir da Geschichten erzählen, Mephisto …«

Nee. Will ich gar nicht hören. Weil, das ist ja so: Ich wohne hier auf einem Dorf und wahrscheinlich werde ich hier nie rauskommen. Den Jackson nehmen sie ja überall mit hin. Wenn sie nach Hessen runterfahren, zu Mamas Söhnen, dann darf er mit. Ich nicht. Meine Schwester und meine Nichte auch nicht. Wenn meine Mama Freundinnen besuchen geht, darf Jackson mit, wir nicht. Ich werde mich also mit den Dorfschönheiten hier begnügen müssen.

Aber welcher Kater von Welt hat schon Lust auf Dorfschönheiten?

»Die Mädels hier im Dorf sind aber echt hübsch«, sagte mein Dad.

Echt jetzt? Welche denn? Julie von nebenan ist deutlich adipös. Die Katzen von Tante Nancy sind für mich viel zu alt. Und sonst laufen hier nur Kater rum und mit allen habe ich Stress, außerdem bin ich ja nicht schwul.

Da ist doch nette Fanpost über Facebook was total Gutes, wenn man auf so einem Kaff wohnt und niemals die Grenzen dieses Kaffs überschreiten wird, oder? Jedenfalls – die Fanpost, die ich manchmal so bekommen habe, war echt heiß. Insbesondere in den ersten vier Wochen. Autoren sind begehrt, habe ich gemerkt. Katzendamen aus ganz Deutschland sind total beeindruckt und wollen sich in meinem Glanz sonnen.

»Bilde dir nix drauf ein, Mephisto«, wiederholte sie sich zum zweiten Mal, meine Mum. »Das ist so. Künstler sind beliebt, wenn du nach deinem ersten Buch kein zweites schreibst, haben sie dich ganz schnell wieder vergessen.«

Ich habe, da bin ich ehrlich, gar nicht über das Künstlerleben nachgedacht, als ich anfing, dieses Buch zu schreiben. Es ging mir lediglich um meinen Weltfrieden. Und ich hatte die Hoffnung, dass es Menschen da draußen gibt, also außerhalb von unserem Dorf, die meiner Mum klar machen, wie wichtig der Weltfrieden für Katzen ist. Und dass sie meinen Weltfrieden mit ihren dummen Ideen sehr oft sehr stört. Das war eigentlich alles. Mehr wollte ich nicht. Aber jetzt, wo ich auch einen Account bei Facebook habe, sehe ich einfach mehr von der Welt. Und ich lerne heiße Frauen kennen, das ist natürlich richtig toll und ein Effekt, über den ich gar nicht nachgedacht habe.

Und dann kam die Isolde. Ich war vielleicht eine Woche bei Facebook, da schrieb sie mir und schickte mir ein Foto von sich. Das hat mich total umgehauen, als ich das gesehen habe, ehrlich jetzt! Die Isolde ist so verdammt scharf, und dafür muss die nicht mal die Krallen ausfahren! Natürlich haben wir ein bisschen hin und her geschrieben und so erfuhr ich, dass sie eigentlich Spanierin ist. Und das erklärt auch ihr heißblütiges Temperament, denn das hat sie wirklich.

Endgültig verliebt habe ich mich in die Isolde, als sie mich mal so richtig rundgemacht hat. Bisher hat sich das keine Frau getraut! Die adipöse Julie von den Nachbarn zieht sofort den Kopf ein, wenn sie mich sieht und haut ab. Die Katzen von meiner Tante Nancy kuschen auch sofort, wenn ich was sage.

Aber die Isolde! Dafür habe ich keine Worte! Ich hatte mich irgendwann über irgendwas total aufgeregt und schrieb also bei Facebook eine Statusmeldung. So was wie »ich überlege mir noch, wohin ich pinkele, um sie (also meine Mum) zu bestrafen. Da bat sie mich ganz lieb und nett, ich möge das doch bitte sein lassen. Ich sagte: »Zu spät.«

Ja, ich hab ihr Posting leider erst später lesen können, weil zwischendurch schon wieder meine Mum an den Rechner wollte. Da hat die Isolde aber losgelegt, so richtig mit »Caramba« und allem, was heißblütige Spanierinnen halt so von sich geben, wenn sie stinksauer sind!

So, und jetzt ganz ehrlich: Was habe ich denn von einer Katze an meiner Seite, die mich anbetet und alles toll findet, was ich mache? Also ich bin natürlich toll und ich bin intelligent und es ist auch alles toll, was ich mache. Aber: Das ist doch langweilig! Ich finde Frauen viel aufregender, die auch mal ihre Krallen zeigen.

Vor der Isolde hat meine Mama mich übrigens nicht gewarnt. Die Isolde wohnt nämlich bei einer Frau, die mit meiner Mama befreundet ist. Und diese Frau ist natürlich manchmal ein bisschen anstrengend. Meine Mama hat gesagt, ich muss zu ihr nett sein, denn wenn ich mit der Isolde zusammen sein will, wäre diese Frau meine Schwiegermutter.

Ich habe das mal im Internet recherchiert und festgestellt: Schätzungsweise 80 Prozent aller Deutschen können ihre Schwiegermütter nicht ausstehen. Ich verstehe nun also nicht, warum ausgerechnet ich nett sein soll zu meiner Schwiegermutter, aber gut. Sogar ich habe inzwischen begriffen, dass man sich mit meiner Mum gut stellen sollte, wenn man gefüttert werden will. Ich habe es bei meinem Dad gesehen, wenn die sich streiten und sie ist richtig sauer, kocht sie nix. Sie geht dann in ihr Zimmer, knallt die Tür zu und kommt erst am nächsten Tag wieder raus. Es macht also keinen Sinn. Es macht sowieso keinen Sinn, weil es viel zu viel Energie kostet und wenn man ohne Energie ist, dann stört das auch den Weltfrieden.

Also bin ich nett zu dieser Frau, weil ich die Isolde heiß und innig liebe und außerdem meinen Weltfrieden nicht gefährden möchte.

Warum ich euch das überhaupt erzähle? Ganz einfach. Ihr könnt meine Seite weiter liken und teilen und damit angeben, dass ihr mit mir bei Facebook befreundet seid. Aber ich bin vergeben und weitere Liebesbriefe sind sinnlos.

=^.^=

Der Kangal

Das hier ist mein letztes Kapitel, aber es muss einfach noch sein. Ich wollte mein Buch schon längst abgeschlossen haben, das könnt ihr mir glauben. Vor allem, weil meine Fans wirklich ständig fragen, wann es endlich erscheint. Und gerade als ich dachte, ich bin jetzt fertig, wurde schon wieder mein Weltfrieden gefährdet. Und nicht nur meiner. »Er« sagt ja nicht oft was, vor allem nicht, wenn »sie« sich was in den Kopf gesetzt hat.

Ich habe ja im Zusammenhang mit dem Herrn Niedlich mal von den Kangals erzählt, die da rumhängen, dort im Tierschutz, wo der Herr Niedlich herkam. Kangals sind riesige Hunde, wenn sie ausgewachsen sind. Größer als alles, was man hier in Deutschland so sieht, mit Ausnahme von einer Deutschen Dogge vielleicht – ich habe das recherchiert. Und wie ihr euch denken könnt, ist meine Mama, für die ein Hund nicht groß genug sein kann, natürlich total begeistert von Kangals. Sie ist aber auch begeistert, weil das Herdenschutzhunde sind. Sie beschützen ihre Familien und bewachen das Grundstück, auf dem sie wohnen. Das machen sie von ganz alleine, weil sie so sind. Das muss man denen nicht beibringen.

Meine Mama findet so was toll. Unser Herr Niedlich allerdings bewacht hier gar nix. Der findet alle Leute toll, auch die, die meine Mama eigentlich nicht nett findet. Und er lässt alle rein. Auch die, bei denen meine Mama sich freuen würde, wenn er sie nicht reinlassen würde. Der Herr Niedlich ist einfach kein Wachhund. Obwohl meine Mama davon überzeugt ist, dass er jedem an die Gurgel gehen würde, der ihr was antun wollte. Ehrlich gesagt, ich glaube, da hat sie sogar Recht, der ist nämlich total fixiert auf sie. Aber man müsste ihr halt wirklich an die Gurgel gehen, damit der mal irgendwie reagiert, weil, solange das keiner macht, findet er alle Leute nett.

Jedenfalls schwärmt meine Mama immer von Kangals. Die sind ja so toll, sagt sie. Ich kann mich erinnern, dass sie das auch schon sagte, bevor der Herr Niedlich hier einzog. Da haben die sich mal über Hunde unterhalten und sie sagte damals: »So ein Kangal – das wäre schon was.« Naja, aber dann hat sie sich halt in den Herrn Niedlich verliebt, der ja nun Jackson heißt.

Eines Abends, ich lag total gemütlich im Zimmer von meinem Dad, plöppte eine Nachricht von ihr an meinen Dad rein. Doof, die haben ihre Zimmer nebeneinander, aber manchmal schreiben die sich Nachrichten. Menschen … wir müssen sie nicht verstehen, sie sind merkwürdig, damit muss man sich offenbar abfinden.

»Diese junge Dame ist ab Montag bei uns in Pflege und wird von uns aus vermittelt«, schrieb sie. Mein Dad fiel fast vom Stuhl vor Schreck und ich … mir war flau im Magen. Dazu schickte sie nämlich ein Foto von einem Kangal. Ein Kangal aus dem Tierschutz. Boah … Mann! Und natürlich hatte sie das Ganze auch schon wieder klargemacht, ohne Rücksprache mit uns! Mein Dad reagierte, wie er immer reagiert. Er sagte »hm«. Es hat lange gedauert, bis ich verstanden habe, dass er nicht »hm« meint, wenn er »hm« sagt. Meist, wenn er »hm« sagt, regt er sich eigentlich total auf. Er weiß aber, wenn er »nein« sagt, dann ist das eine Kriegserklärung. Und er weiß auch, dass er wahrscheinlich der bessere Stratege ist in einem Krieg. Aber meine Mum ist trotziger, konsequenter und sie macht keine Gefangenen, wenn man ihr den Krieg erklärt. Also sage auch ich inzwischen »hm«. Auch wenn es, wie alles was ich sage, keiner wahrnimmt. Denkt nicht, ich werde jetzt friedlich! Aber meine Mum hat da definitiv mehr Durchhaltevermögen. Meins endet da, wo der Hunger beginnt.

Und so kam an einem Montag die Kangaline hier an. Meine Leute haben sie abgeholt. Und von uns aus sollte sie vermittelt werden, also: Meine Mum machte hier die Pflegestelle. Wie bei Pina damals. Als dieses Untier hier reinkam, dachte ich wirklich nur noch: »Ach du Scheiße …«

Das klingt nach einem Monster. Meine Mum würde jetzt mit mir schimpfen, die hat die Kangaline nämlich heiß und innig geliebt von der ersten Minute an. Unser Jackson übrigens auch. Aber die Kangaline hat immer so hysterisch geschrien, wirklich jetzt, in einer ganz hohen Frequenz, und zwar immer dann, wenn sie empört war. Offenbar war sie empört, denn als sie hier reinkam und mich sah, hat sie erst mal so einen Schrei losgelassen. Meine Mum hat später erzählt, dass diese ganzen türkischen Tierschützer dazu immer gesagt haben: Der »Kangal-Schrei«. Allerdings ist das Quatsch, denn normalerweise schreien Kangals nicht. Sie schon!

Wie auch immer, das war schon mal der erste Hammer. ICH hätte vor Empörung schreien sollen, aber nein! ICH war ruhig, versuchte mich total gelassen zu geben und fügte mich in mein Schicksal. Es blieb mir ja auch nichts anderes übrig! Und die kommt hier rein, guckt mich an und schreit empört auf? Das ist doch echt ein Hammer! Jedenfalls war sie riesig. Sechs Monate alt und schon so groß wie unser Jackson, der inzwischen schon ein Jahr alt und natürlich noch mal ordentlich gewachsen ist. Aber diese Pfoten ...! Jackson hatte schon riesige Pfoten, als er hier ankam und man hat schon gesehen, dass er noch mal ordentlich wachsen wird. Sie hingegen war ja nun so alt wie er damals, als er kam. Aber sie war schon so groß wie er und diese Pfoten ... also so riesige Pfoten habe ich noch nie gesehen!

So, und was macht unser Haus- und Familienhund Jackson, dieser Verräter? Statt zu seiner Familie zu halten, läuft der noch am gleichen Abend total begeistert mit der Kangaline durchs Haus. Zeigt ihr jedes Zimmer, zeigt ihr seine Spielsachen, seine Kuscheldecke, ihre Kuscheldecke – unsere Mum legte dann nämlich noch eine dazu. Dann rannte er mit ihr in den Garten und zeigte ihr den auch. Und dann lagen sie friedlich schmusend miteinander auf der Decke im Wohnzimmer. Meine Mum hat das begeistert fotografiert und gefilmt hat sie auch. Dann hat sie das Video und die Fotos gleich in der Tierschutzgruppe gepostet. Und die hatten da alle nichts Besseres zu tun als Wetten abzuschließen, ob die Kangaline wohl bei uns bleiben wird oder nicht. ICH sagte schon an diesem Abend: NEVER! Vermitteln! Weg mit dem Viech! Das wird mindestens fünf Meter groß!

Ich hatte richtig schwer Angst, das könnt ihr mir glauben. Inzwischen habt ihr ja schon viel gelesen über unser Familienleben hier und wisst, dass meiner Mum alles zuzutrauen ist. Und da kannst du dir als Kater die tollsten Dinge einfallen lassen um ihr klarzumachen, dass der Hund nichts taugt – das bringt nichts, solange sie sagt, sie liebt den und der bleibt. Also schlotterten wir hier alle, mein Dad übrigens auch. Und wir hofften, dass sie sagen würde, dass die Kangaline vermittelt wird.

Die war übrigens nicht so schisserig wie Pina damals. Im Gegenteil, fühlte sich gleich am ersten Abend voll wohl, aber Mama meinte, das liegt auch an Jackson. Gefuttert hat sie allerdings wie bescheuert und sie hatte auch endlosen Durst. Und danach war sie im Garten und ist das alles wieder losgeworden. Nur eine halbe Stunde später bekamen wir dann Futter und da kam dieser entsetzte Kangal-Schrei ein zweites Mal. Die fütterten uns auf der Küchentheke, weil die Kangaline das sonst alles in Sekunden assimiliert hätte. Und als sie sah, dass unsere Näpfchen gefüllt wurden, schrie sie! Das war nicht so schlimm. Schlimm war, dass sie eine Sekunde später mit den Pfoten auf der Küchentheke stand und unsere Mum gar nicht so schnell gucken konnte, wie das Katzenfutter leer wurde. Ja, das würde nicht einfach werden in der nächsten Zeit und ich machte mir große Sorgen. Sie sollte doch vermittelt werden in ein endgültiges Zuhause. Aber wer will denn einen solchen Hund?

Dann bekam ich mit, dass sie eigentlich »Stink« heißt. Meine Mum hat gesagt, sie weigert sich, diesen angeblich ja so wunderschönen Hund »Stink« zu nennen. Ich hingegen, ich nannte sie immer so. Hunde stinken nun mal, und ich fand das nur passend, dass da mal einer den richtigen Namen bekommen hat. Im Pass stand ein anderer Name, aber auf den hörte sie nicht. Also nannte meine Mum sie immer »Lady« und meist sagte sie: »Die Kangaline«. Zu diesem Namen gab es ja auch eine Geschichte. Als diese Tierschützerin da in der Türkei, Anja heißt die, Stink gefunden hat, war ja noch Stinks Schwester dabei. Und die hatten beide die Räude, und haben deswegen schwer gestunken. Meine Mum sagte: »Und nun ist so ein wunderschönes Tier draus geworden, wie gut, dass Anja niemals aufgibt!« Jedenfalls nannten Sie Stink dann eben Stink und weil ihre Schwester noch schlimmer gestunken hat, hieß sie »Stinkschlimmer«. Die ist übrigens schon vor Stink adoptiert worden.

Meine Schwester und meine Nichte waren auch total empört über das, was unsere Leute uns hier zumuten. Ich sagte ihnen: »Passt auf, wenn wir die gemeinsam angreifen, ist sie hilflos. Sie hat zwar ein riesiges Maul, aber unsere Waffen sind besser!« Meine Schwester zuckte nur mit den Schultern und meinte, sie hält sich da raus. Und meine Nichte? Zuckte auch mit den Schultern und erzählte was von einem armen Tierchen, das ein Zuhause braucht und ich soll nicht so gemein sein. Also gut, ich stand mal wieder alleine da. Die Kangaline regte sich jedes Mal total auf, wenn sie mich sah und jedes Mal ließ sie ihren Kangal-Schrei los. Was ich echt doof fand: Jackson hat sich diesen Schrei jetzt auch angewöhnt. Ehrlich! Regt sich auf und schreit rum!

Mit meiner Schwester und meiner Nichte hatte die Kangaline auch gar nicht so ein Problem. Sie hat die zwei immer ziemlich neugierig angeguckt. Aber mit mir hatte sie eins! Kaum sah sie mich, schrie sie empört auf und wollte mich jagen. Ich ließ mich aber nicht jagen. Ich setzte mich auf die Couch und guckte sie an, die ganze Zeit. Und ich lachte sie wegen ihres Namens aus. Wenn eine schon »Stink« heißt, dann bietet sich das ja an, oder?

Nachts sind wir aber manchmal aus Versehen auf der gleichen Couch eingeschlafen. Wie immer, wenn hier ein Pflegehund wohnt oder ein Hund neu ist oder überhaupt, schlief meine Mum natürlich im Wohnzimmer. Und morgens hätte ich echt würgen können. Was für eine Schleimerei die Kangaline anstellte! Sobald meine Mum die Augen aufmachte, kam die Kangaline von hinten, legte ihren Kopf auf die Schulter von meiner Mum und schmuste sich an. Meine Mum griff dann immer nach ihr, dann hüpfte die auf die Couch, also eigentlich ins Bett, und dann schmusten die immer ewig. Danach war der Jackson dran. Manchmal beide gleichzeitig. Es war echt nicht auszuhalten. Vor allem: Ich wurde überhaupt nicht mehr wahrgenommen.

Wenn meine Mum dann aufstand, ging sie in die Küche und ja, ich muss schon sagen, sie beachtete die Reihenfolge, zumindest fast: Erst bekamen wir unsere Näpfchen gefüllt. Aber vorher war sie immer noch im Bad. Erst nach uns bekamen die Hunde ihr Futter. Und meine Mum stand die ganze Zeit in der Küche und passte auf, dass die Kangaline uns in Ruhe fressen lässt.

Ganz lustig war es immer, wenn die spazieren gingen. Der Jackson darf ja normalerweise frei laufen, jedenfalls da, wo keine Autos fahren. Als die Kangaline hier war, ging das nicht, weil die Kangaline ja nicht ohne Leine laufen durfte. Die war noch neu und meine Mama hat gesagt, das ist zu riskant, sie könnte ja weglaufen. Habe ich nicht verstanden! Wenn der Hund weg gelaufen wäre, dann wäre das Problem ja gelöst gewesen! Keine Ahnung, warum die Menschen immer so ein Gedöns machen!

Aber gut. Was mich aber richtig gefreut hat: Mein Dad hat gesagt, dass die Kangaline auf keinen Fall adoptiert wird. Und meine Mum konnte nicht mal was dagegen sagen, wisst ihr warum? Weil … die Kangaline hat irrsinnig Kraft. Und das ist ja abzusehen, dass die noch viel mehr Kraft kriegt, wenn die weiter wächst. Bei den Unmengen, die die frisst, ist ja völlig klar, dass die noch ganz viel wächst. Und mein Dad hatte seine Last, die zu halten. Meine Mum hätte sie auch nicht halten können, aber sie konnte es auch gar nicht versuchen, weil: Vor zwei Wochen hat der Jackson draußen so sehr mit seiner Freundin rumgetobt, dass er ihr ungebremst gegen den Fuß geklatscht ist. Der Jackson hat sich nur mal kurz geschüttelt, aber meine Mum hat gebrüllt vor Schmerzen und dann konnte sie nicht mehr laufen. Ihre Freundin musste sie und Jackson nach Hause fahren. Und dann lag meine Mum eine ganze Woche auf der Couch. Danach lief sie auf Krücken. Und im Erdgeschoss ist sie dann mit einem Bürostuhl durch die Gegend gefahren, weil Menschen manchmal ins Badezimmer müssen.

Übrigens weiß ich auch inzwischen, warum die das immer machen: Die gehen da aufs Klo. Die menschlichen Klos sind übrigens viel besser als unsere Katzenklos. Aber egal, wo war ich noch? Jetzt habe ich mich schon wieder verzettelt.

Ach ja, das Gassi gehen mit der Kangaline! Mein Dad war jedes Mal schweißgebadet, wenn die aus dem Wald zurückgekommen sind. Meine Mum hatte immer nur die Schmuserei, während er gucken musste, wie er die Kangaline gebändigt bekommt. Weil sie, mit ihrem verletzten Fuß, sie hatte natürlich immer unser Familienherzchen Jackson an der Leine, weil der nämlich nicht zieht. Und so kam es, dass mein Dad eines Abends, als sie auf dem Sofa lag und die Kangaline auf dem Schoß liegen hatte, als wäre sie ein kleiner Schoßhund, sagte: »Wie sieht es denn aus mit der Vermittlung? Unternimmt denn der Verein irgendwas?«

»Naja«, sagte meine Mum. »Das ist ja so… ich musste ja erst mal gucken, wie sie charakterlich ist, bevor ich interessierten Adoptanten etwas über sie erzählen kann.«

»Hm«, meinte er. Nicht gut …

Er räusperte sich dann noch mal und meinte: »Gut, und was kannst du bisher über sie erzählen?«

»Das gleiche wie du. Du wohnst doch hier und du kennst sie doch auch.«

»Ich glaube, ich erzähle andere Dinge als du.«

»Also ich erzähle den Leuten, dass sie unglaublich verschmust ist, total schnell begreift, was sie darf und was sie nicht darf …«

»Und ich kann erzählen, dass sie sich an meinen Schallplatten vergriffen und ein paar davon zerlegt hat.«

»Ja, und ich kann erzählen, dass ich mit ihr geschimpft habe und sie das nie mehr gemacht hat.«

Hehe, ja, ich kann mich dran erinnern. Die Tierschützer in der Kitmir-Gruppe haben sich nämlich kaputt gelacht und gesagt: »Jackson und Stink haben eine Single-Party gefeiert.«

»Und ich kann erzählen, dass sie dafür dann den Wohnzimmertisch angenagt hat.«, sagte mein Dad.

»Ja, aber das hat sie auch total schnell begriffen, dass sie das nicht darf, und hat es nie mehr gemacht.«

»Dafür hat sie dann denn Flurschrank und das Tischchen im Flur angenagt.«

»Ach komm, bitte!«, sagte meine Mum. »Das sind doch Kollateralschäden und sie hat es immer sofort kapiert, wenn man mit ihr geschimpft hat. Sie hat nie zweimal an etwas rumgenagt.«

Mein Dad zuckte mit den Schultern. »Ich könnte auch erzählen, dass mein Arm jetzt einen Meter länger ist, weil sie so zerrt, wenn man sie an der Leine hat.«

»Ja, das muss sie noch lernen«, gab meine Mum zu. »Aber sie ist unheimlich verschmust und total lieb und fröhlich. Und so zart!«

»Komm nicht auf Ideen!«, sagte mein Dad. »Die wird noch enorm wachsen und ich kann sie jetzt schon kaum halten. DU hältst sie überhaupt nicht.«

»Also es war ja auch nur ein Pflegeplatz vereinbart«, sagte meine Mum. »Keine Sorge, ich hatte nicht vor, sie hier zu behalten.«

Das hoffte ich aber stark! Das war ein Untier! Jackson ist ja zum Beispiel auch immer voll nett zu allen Leuten, die hier am Hoftor vorbeilaufen. Die Kangaline hingegen verbellte alle, und manche Leute sprangen echt erschrocken zur Seite, wenn die sich mit den Pfoten auf das Hoftor stellte. Vorteilhaft war natürlich, dass sich auch keine Fremdkatzen mehr hier rein getraut haben, also hatte ich weniger Arbeit. Nachteilig war allerdings, dass die Kangaline auch so manchen, gemütlichen Fernsehabend nachhaltig gestört hat, wenn draußen Leute vorbeigelaufen sind. Nachteilig war auch, dass sie uns verjagen wollte. Mich hat sie nur nicht verjagt, weil ich stur bin, mindestens so stur wie sie. Ich bin immer sitzen geblieben und habe sie ganz ruhig angesehen und telepathisch beschimpft. Nachteilig war allerdings, dass mir klar war, wenn die ausgewachsen ist, darf ich mich das nicht mehr wagen. Also, die musste vermittelt werden, ganz schnell.

Und so habe ich schnell meinen Platz am Computer geräumt. Obwohl ich gerade meine Memoiren abschließen wollte und sozusagen in den letzten Zügen des letzten Kapitels lag. Als meine Mum aber sagte, sie schreibt jetzt eine Vermittlungsanzeige für Facebook, dachte ich, das hat auf jeden Fall Priorität! Ich habe sogar überlegt, ob ich diese Vermittlungsanzeige auf meiner Facebook-Seite mal teile, aber dann dachte ich: Das ist sinnlos. Meine Fans lieben Katzen. Obwohl da natürlich ein paar dabei sind, die, aus welchem Grund auch immer, auch Hunde lieben. Und als ich mich auf meiner Seite über die Kangaline beklagt habe, schrieb sogar eine Frau: »Hey Mephisto, Kangals sind ganz tolle, treue Hunde!«

Meine Mum sagt das übrigens auch. Wenn die Kangaline abends mit ihr auf dem Sofa lag, hab ich immer überlegt, wo meine Mum sich hinlegen will, wenn die Kangaline erst mal ausgewachsen ist. Die dachte nämlich wirklich, dass sie ein Schoßhund ist und wir hatten ja auch wieder das gleiche Spiel wie mit Jackson. Mein Dad sagte: »Die Kangaline darf nicht auf die Couch.« Meine Mum sagte: »Natürlich nicht.« Und fünf Minuten später war die Kangaline oben auf dem Sofa. Wie immer halt! Aber: Sie war gar nicht so lange hier. Ich hab ja mit dem Schlimmsten gerechnet, aber Tatsache ist: Das war eine Rekordvermittlung. Genau drei Wochen hat das gedauert.

Meine Mum war total glücklich, weil es ihr gelungen ist, die Kangaline richtig gut zu vermitteln. An einen Mann, der total viel Ahnung hat von Kangals und der auch das richtige Haus dafür hat. Die lieben die Kangaline abgöttisch. Ich muss das nicht verstehen, aber ich bin sehr froh darüber. Meine Mum war nämlich, wie immer, total misstrauisch.

Wie auch immer, mein Leben nach der Kangaline ist ruhig und ich merke jetzt: Den Weltfrieden definiert man, je nach Situation, immer wieder mal neu. Ich habe meine Liste abgearbeitet:

Schrödinger ist weg. Tommy ist weg. Die nervtötenden Babys wurden vermittelt. Pina wurde vermittelt. Die Kangaline wurde vermittelt. Übrig sind Lucifer, Amy, ich und Jackson. Und ich weiß ihn jetzt zu schätzen. Der Weltfrieden kann also durchaus auch ganz plötzlich da sein, wenn alles so ist wie vorher, auch wenn man vorher dachte, das ist ja alles, nur kein Weltfrieden. Könnt ihr mir folgen? Ach, bestimmt. Ich habe gelesen, dass Menschen, die Katzen mögen, meist sehr intelligent sind.

Nach vier Jahren in diesem Irrenhaus ist es mir allerdings nicht gelungen, meinen Leuten die unerwünschten Verhaltensweisen abzuerziehen. Ich habe nach Trainern gegoogelt, weil meine Mum irgendwann sagte: »Für Hunde gibt es Hundeschulen und Hundetrainer.« Ich dachte, vielleicht gibt es so was auch für Menschen. Aber das Einzige, was ich gefunden habe, waren so Bootcamps, da nehmen sie aber nur Jugendliche.

Aber ich werde weiter daran arbeiten. Auf Hundetrainerseiten habe ich gelesen: Man braucht viel Liebe und Geduld, um einem Hund unerwünschte Verhaltensweisen abzugewöhnen.

Vielleicht ist das bei Menschen auch so. Ich werde also geduldig sein, mich nach wie vor jeden Abend, wenn die fernsehen wollen, auf ihren Schoß legen, mir meinen Platz liebevoll zurechtkneten und sie sanft in den Schlaf schnurren. Eines Tages werden sie vielleicht verstehen, dass ich von Pflegehunden nicht viel halte, dass nie zu viel Katzenfutter bereitstehen kann und dass ich es überhaupt nicht schätze, wenn sich hier etwas verändert.

Schlusswort

Nun ist es also fertig – mein Buch. Stolz habe ich es meinen Leuten präsentiert. Auch in der Hoffnung, dass deren Zensur auf meiner Facebookseite endlich aufhört. Sie meinen manchmal, ich wäre ein bisschen zu frech.

Nach der Lektüre meines Buches meinte mein Dad: »Alle Welt wird denken, ich bin ein Weichei.«

Und meine Mum sagte: »Alle Welt wird denken, ich wäre ein mega Hausdrachen.«

Beide meinten einstimmig: »Alle Welt wird diesen armen Kater furchtbar bemitleiden und denken, dem ginge es hier total schlecht.«

Ich hingegen sage: »Manchmal, lieber Dad, hättest du ja auch »nein« sagen können. Manchmal, liebe Mum, bist du tatsächlich ein Hausdrachen. Und manchmal, ja, insbesondere, wenn hier zu viele Hunde ein- und ausgehen, geht es mir auch schlecht! Denn ihr habt ja auch noch Freunde mit Hunden! Die zu erwähnen, war mir jetzt zu aufwändig, da wäre ich ja nie mit meinem Buch fertig geworden.

Tatsache ist jedenfalls: Ich dachte, ich werde jetzt mit meinem Buch reich und berühmt und scheffele ganz viele Mäuse, völlig ohne zu jagen. Da hatte meine Mum schon wieder die nächste, doofe Idee. Sie guckte mich listig an und meinte: »Mephisto, du als Kater bist ja nicht geschäftsfähig. Du kriegst keinen Verkaufsaccount irgendwo. Du darfst auch kein Konto eröffnen. Und deswegen kannst du das Buch überhaupt nicht herausgeben.«

Warum sagt die mir so was nicht vorher? Dann hätte ich mich darauf beschränkt, über meine Facebookseite der Welt zu erzählen, was das hier für ein Irrenhaus ist! Und jetzt? Das Buch ist fertig, was mache ich jetzt damit? In die Tonne kloppen?

»Nee«, sagte meine Mum. »Ich habe da eine bessere Idee.«

Und so schlug sie mir vor, ich könnte ja mal was Gutes für die Kollegen Hunde und Katzen tun – und meine Verkaufserlöse spenden. An diesen Verein in der Türkei. Und zwar zu hundert Prozent.

Boah, was habe ich mich aufgeregt! Ich hatte schon überlegt, den Anbau zu konfiszieren, für die Millionen Dosen Katzenfutter, die ich von meinen Verkaufserlösen kaufen wollte! Und jetzt soll ich das alles spenden?

»Du hast ja hier noch nie hungern müssen!«, sagte meine Mum. »Wir kaufen doch immer genug Katzenfutter Mephisto, ich weiß gar nicht was du hast …«

Ich war trotzdem total dagegen. Aber dann hab ich mal wieder ein bisschen in Facebook rumgesurft und bin auf sehr interessante Artikel gestoßen. Da hieß es, es gäbe nicht so viele Flüchtlinge, wenn man in deren Land etwas tun würde. Also habe ich eine Weile überlegt und dachte mir: Gut. Wenn DAS der Weg ist, den ich gehen muss, damit die Kangaline der letzte Pflegehund war, der sich hier breit macht, in meinem Zuhause, dann … ja, dann spende ich mein Buch zum Weltfrieden der Katzen an diesen Kitmir-Verein. Im Grunde hat meine Mum ja Recht: Hier steht tatsächlich immer jede Menge Katzenfutter rum. Die kaufen Dosenfutter immer gleich für vier Wochen ein. Dann war ich auf der Kitmir-Seite und habe gesehen, dass es da gar nicht nur Hunde gibt, sondern auch eine ganze Menge Katzen. Die Isolde möge mir verzeihen, aber ich habe da ein paar wirklich scharfe Mädels entdeckt. Total hübsch, und die türkischen Mädels haben bestimmt auch eine Menge Temperament.

Jedenfalls: Ich war dann einverstanden. Und du, liebe Leserin, lieber Leser, du kannst auch ganz viel tun. Kauf das Buch und verschenke es. Zum Geburtstag, zu Weihnachten oder einfach so. Teile das Buch auf Facebook und mach dafür Reklame. Und, ganz wichtig: Schreib ne gute Rezension bei Amazon, dann kaufen es nämlich noch mehr Leute.

Denn: Jeder Cent kommt den türkischen Straßentieren zugute, allerdings nur denen aus dem Verein Kitmir. Meine Mum sagt immer, man kann nicht die ganze Welt retten, aber man kann sich eine Organisation suchen, die man dann aus vollen Kräften unterstützt. Und wenn jeder das macht, ist ja allen geholfen.

Ich als Autor gehe völlig leer aus. Deswegen wäre es echt nett von dir, wenn du mir wenigstens ein »Like« auf meiner Facebookseite da lässt. Und wenn du magst, kannst du mir auch Katzenfutter spenden oder wenigstens meiner Mum ins Gewissen reden und ihr klar machen, dass EIN Hund absolut ausreichend ist. Es tut nicht Not, ständig noch weitere Hunde hier reinzulassen.

Und was du natürlich immer und jederzeit tun kannst: Mir Komplimente zu meinem tollen Buch machen. Da freue ich mich. Ich habe gelesen, ihr habt da mal so einen Komponisten gehabt, Mozart. Der soll angeblich auch bettelarm gestorben sein. Gut, ich bin nicht bettelarm, solange meine Leute genug Katzenfutter ranschaffen. Aber Mozart hatte wenigstens den Ruhm zu seinen Lebzeiten. Den wünsche ich mir auch!

=^.^=

Auf den nächsten Seiten findest du noch ein paar Buchempfehlungen von mir, Mephisto dem Kater. Da machste nix verkehrt, leichte Lektüre, nett, und übrigens aus der Feder meiner Mum. Manchmal ein bisschen erotisch, aber davon verstehe ich ja nix. Ich bin ja kastriert.

Sofia Hartmann „Und Oenghus weinte“

Sophie ist Mitte vierzig, finanziell ruiniert und hat von der Liebe und den Männern die Schnauze voll. Sie führt ein harmonisches Leben mit ihren Katzen, verbringt ihre Zeit am liebsten mit ihren Freundinnen und vor Männern läuft sie davon. Endlich ist Frieden in ihrem Leben eingekehrt, so glaubt sie.

Sie ahnt nicht, dass eine keltische Muttergöttin sie schon vor Jahren zu ihrem Schützling erklärt hat, und davon überzeugt ist, dass sie von der Bitterkeit in ihrem Herzen befreit werden muss. Gelingt es ihr, Sophie wieder auf den Pfad der Liebe zu führen?

Ein frecher, erotischer Liebesroman.

E-Book und Printausgabe erhältlich ab Dezember 2015 bei Amazon

Sofia Hartmann „Mit Haut und Haar“

Als Clarissa nach langjähriger Ehe erfährt, dass ihr Mann Daniel eine Affäre hat, zerbricht ihre kleine, heile Welt erst einmal in tausend Scherben. Um ihre angeschlagene Seele zu retten, beginnt sie wieder mit der Malerei, einem Talent, das sie über ihren Mutterpflichten jahrelang vernachlässigt hat. Sie lässt ihren Gefühlen freien Lauf: In der Malerei, in der fast täglichen, verbalen und emotionalen Bestrafung ihres Mannes und schon bald in den Armen ihrer extravaganten Galeristin. Keinen Deut besser als ihr Mann, so stellt sie dennoch fest, dass dieses Verhältnis sie aus ihrem tiefen, seelischen Loch herausholt und sogar wieder Schwung in die totgeglaubte Ehe bringt. An dieser Stelle könnte es ein Happy End geben. Aber während Clarissa und Daniel neue Zukunftspläne schmieden, hält das Leben eine weitere Prüfung für das Paar bereit und schickt den personifizierten Wahnsinn.

E-Book und Printausgabe erhältlich bei Amazon

Sofia Hartmann „Herz aus Stein"

Ein Serienmörder. Seine Opfer: Frauen mit langen, blonden Haaren. Nachdem die erste, grausam entstellte Leiche im Kreis Offenbach gefunden wird, stellt sich heraus, dass es bereits zwei weitere Leichen gibt, allerdings aus den Bezirken Hanau und Frankfurt. Und es verschwinden weitere Frauen. Eine von ihnen ist die junge Prostituierte Doreen, die gerade ein Baby entbunden hat. Für die Soko „Goldmarie", an deren Spitze Kommissar Reitz steht, beginnt ein Wettlauf mit der Zeit. Ausgerechnet eine junge Kollegin mit wenig Erfahrung, aber viel Ehrgeiz, scheint dem Täter auf der Spur zu sein und bringt sich damit in Teufels Küche.

„Die Leiche lag in Bauchlage auf dem Boden und ergab nicht nur ob ihrer Nacktheit in dieser eiskalten Umgebung ein groteskes Bild. Nackter konnte kaum etwas sein. Der Schädel war kahl rasiert und getrocknetes Blut bildete schaurige Flecken auf der weißen Kopfhaut. Das hautlose, ungeschützte Fleisch auf dem Rücken wölbte sich unnatürlich und schimmerte in verschiedenen dunklen Farbtönen, die von Rot über Lila bis Rosa reichten."

E-Book und Printausgabe erhältlich bei Amazon

Sofia Hartmann „Jenseits von Katana"

Die auf dem Planeten Katana als Star der Elektro-Szene gefeierte Antonia erwacht eines Tages in einem Krankenhaus, kann sich dunkel erinnern, dass sie einen Unfall hatte – und starrt auf ihren Körper, der sich im Koma befindet. Enttäuscht stellt sie fest: Es gibt keinen Tunnel, durch den man gezogen wird, wenn man stirbt. Es gibt auch kein Licht am Ende des Tunnels. Ihr Verlobter war nur wegen des Geldes mit ihr zusammen und das Leben auf ihrem Planeten ist grausamer und ungerechter, als sie es zu Lebzeiten wahrhaben wollte. Zu allem Überfluss geht es im Jenseits zu wie auf dem Arbeitsamt und sie begegnet dem depressiven Erlöser. An all diesen Ungerechtigkeiten muss man etwas ändern, beschließt Antonia, und sie nimmt die Mission Katana gemeinsam mit dem Erlöser in die Hand… Eine spritzige Komödie, die nicht ganz ernst gemeint ist und sich mit vielen Fragen des Lebens auseinandersetzt.

Dieser Roman ist 2006 schon einmal als Print erschienen. Die jetzige, neue Ausgabe als E-Book für den Kindle wurde komplett überarbeitet.

E-Book, erhältlich bei Amazon

Printed in Poland
by Amazon Fulfillment
Poland Sp. z o.o., Wrocław

51801160R00098